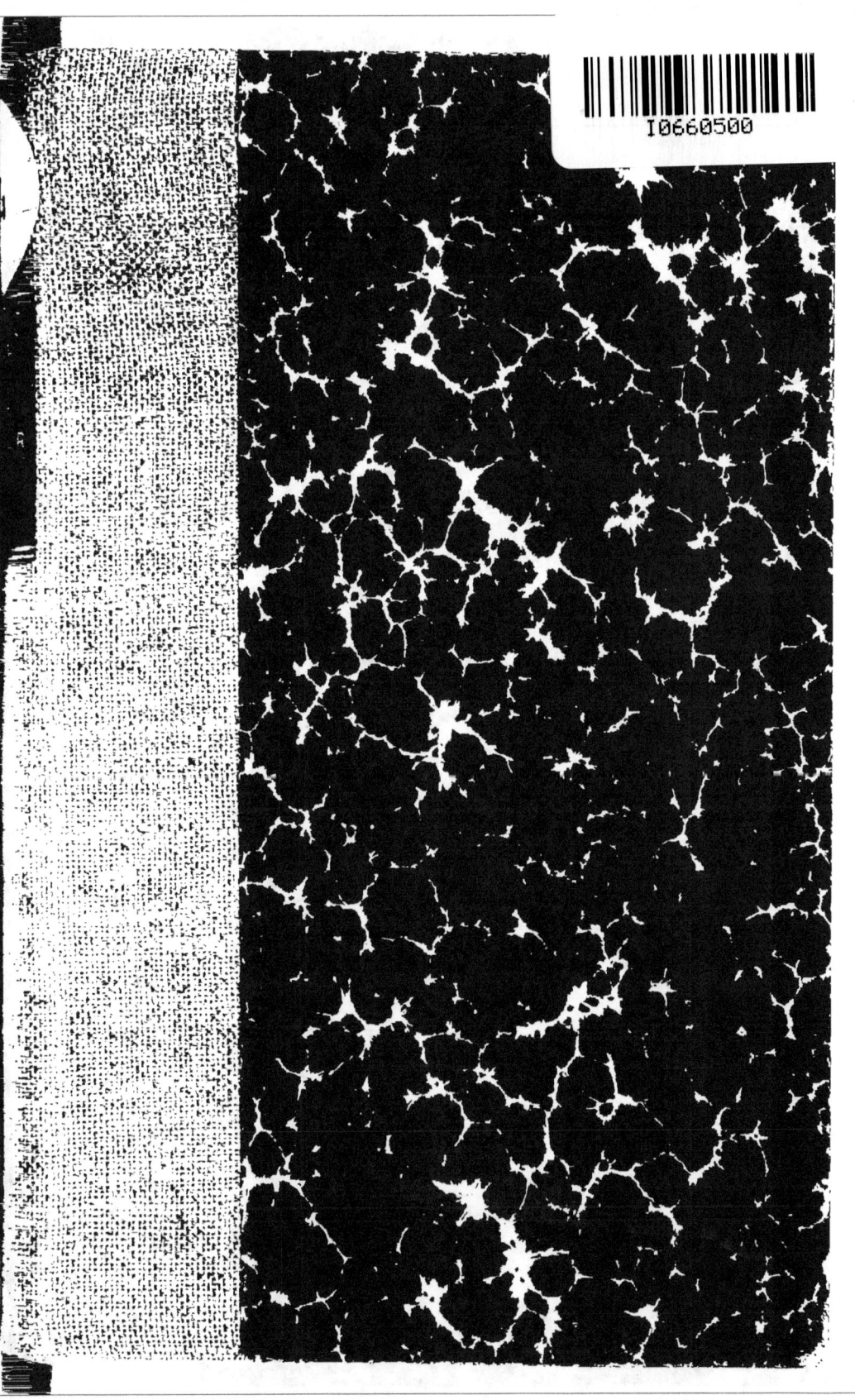

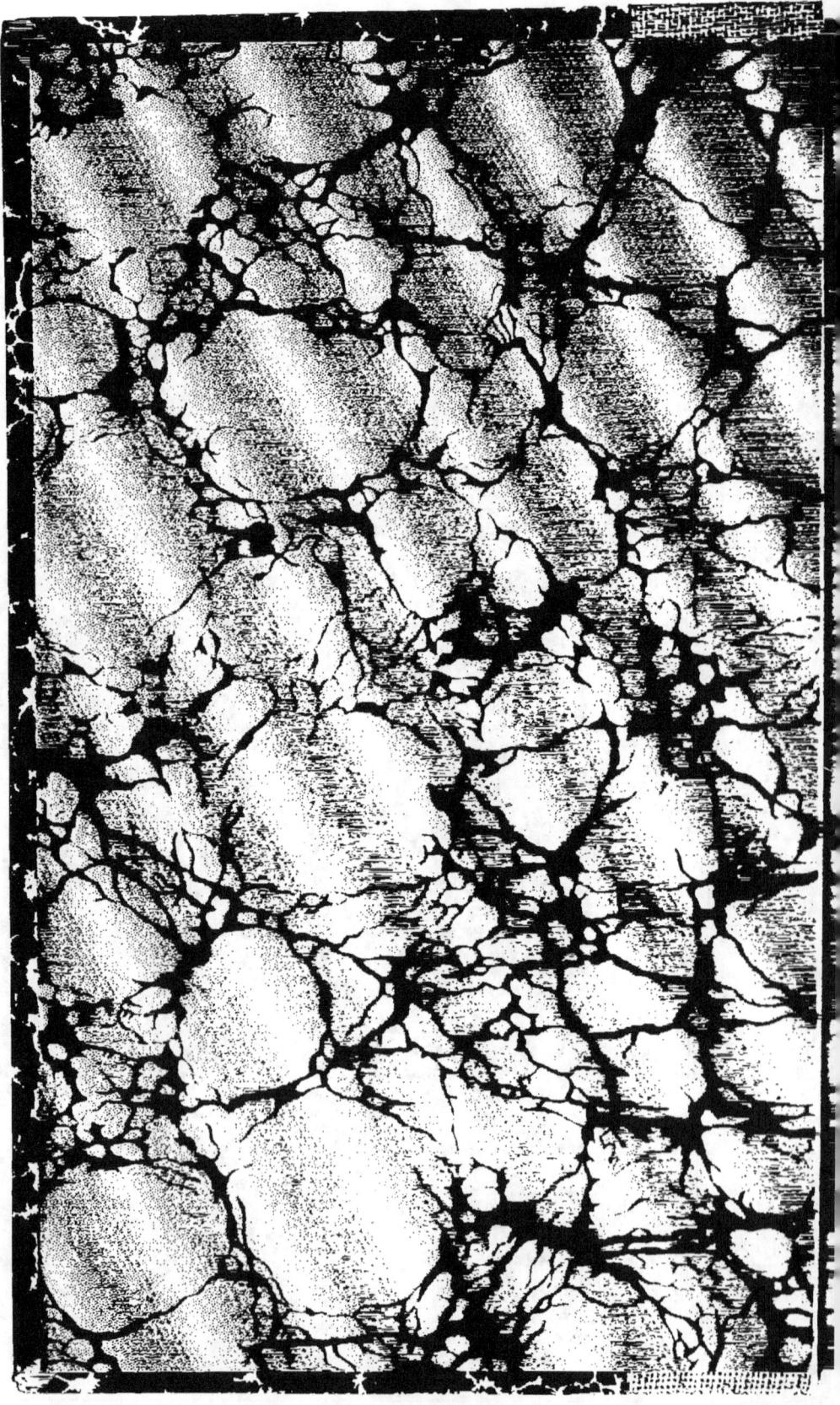

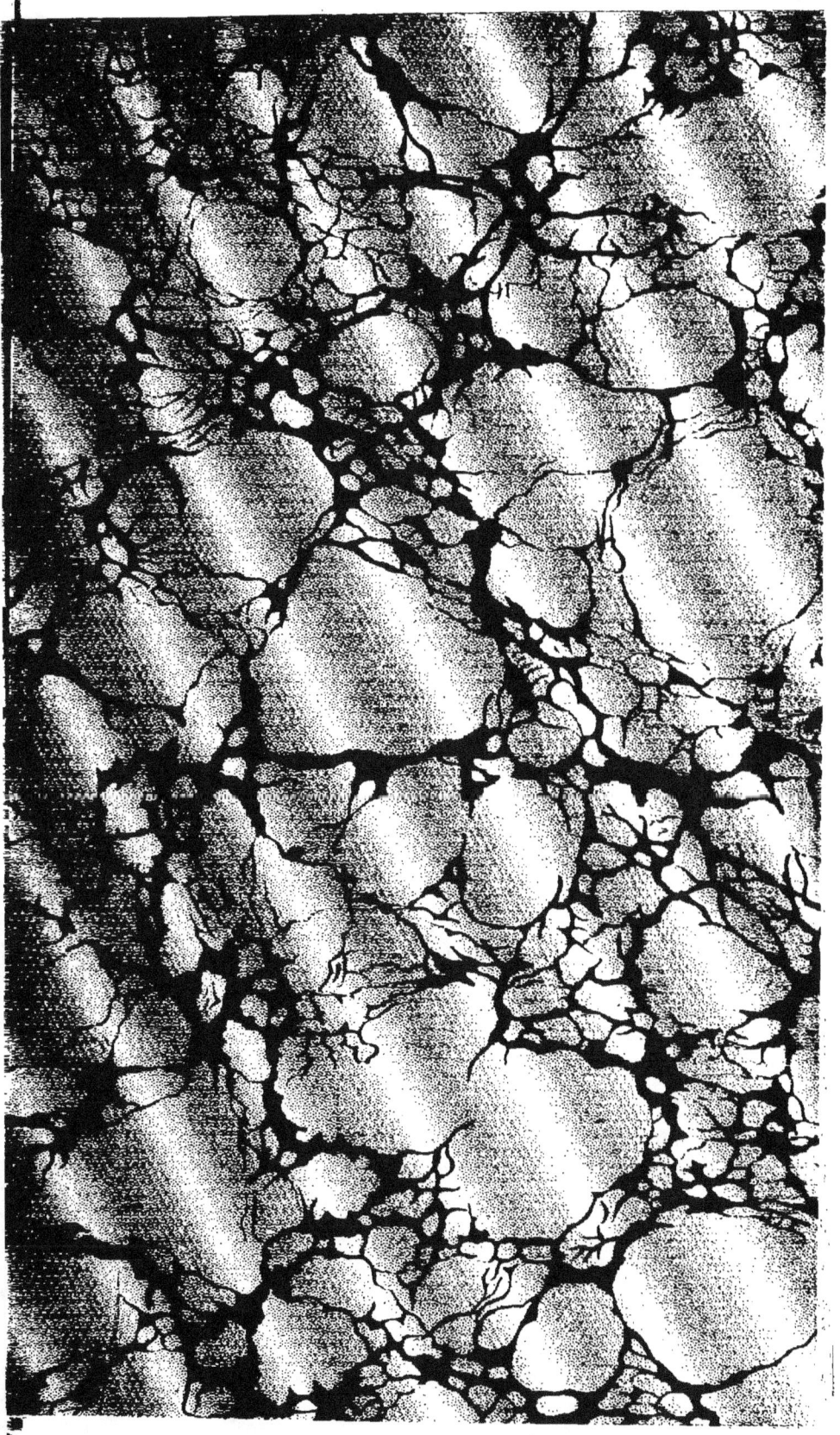

TROISIÈME ÉDITION

LUCIEN BIART

LES VOYAGES INVOLONTAIRES

MONSIEUR PINSON

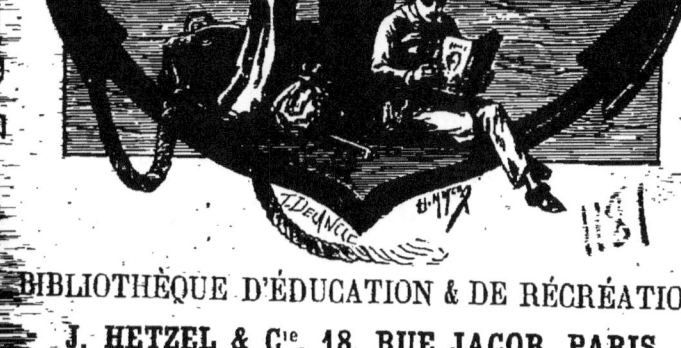

BIBLIOTHÈQUE D'ÉDUCATION & DE RÉCRÉATION

J. HETZEL & Cie, 18, RUE JACOB, PARIS

LES VOYAGES INVOLONTAIRES

———

MONSIEUR PINSON

A. Quantin imprimeur
J. S. Benoît — 7 à Paris

LES VOYAGES INVOLONTAIRES

MONSIEUR PINSON

PAR

LUCIEN BIART

TROISIÈME ÉDITION

BIBLIOTHÈQUE

D'ÉDUCATION ET DE RÉCRÉATION

J. HETZEL ET Cⁱᵒ, 18, RUE JACOB

PARIS

A Mademoiselle

MARIE DES ESSARTS-BOBLET.

l'Auteur reconnaissant.

MONSIEUR PINSON

CHAPITRE PREMIER

AUX BATIGNOLLES

« A ta santé, mon pauvre Boisjoli!

— A la tienne, mon brave Pinson! »

Les deux convives, assis dans la salle à manger d'un appartement de la rue Nollet, burent avec lenteur; leurs verres, à demi vidés seulement, furent replacés sur la table. On était en avril; une pluie fine tombait au dehors, trois bûches crépitaient et sifflaient dans la cheminée. M. Pinson, l'amphitryon, était un homme de moyenne taille, vigoureux, au regard vif, à la chevelure bouclée, aux traits intelligents, à la bouche souriante; son invité, Boisjoli, le dépassait de toute la tête, et ses traits, plus accentués, plus sévères que ceux de M. Pinson, étaient néanmoins empreints de la même franchise, de la même bonté. Les deux amis, à en juger par l'extérieur, semblaient dans la force de l'âge; on eût hésité à donner, soit à Boisjoli, soit à Pinson, la quarantaine.

Ils avaient posé leurs verres sur la table, et chacun d'eux, comme absorbé, regardait silencieusement le fond de son assiette.

« Tu ne manges pas? dit M. Pinson.

— Non, l'appétit me manque, je l'avoue.

— Que la peste t'étouffe, Boisjoli!

— Merci, mon ami; mais à quel propos vient ton souhait?

— Si je ne me trompe, reprit M. Pinson, il y a aujourd'hui trente-deux ans, ou à peu près, que ma pauvre mère, presque aussi éplorée que moi-même, me conduisit à Sainte-Barbe.

— Trente-deux ans! répéta Boisjoli; comme le temps pass !

— Je n'étais pas fier ce jour-là, reprit M. Pinson. J'avais toujours vécu près de ma mère, et, brusquement, je me voyais transporté dans une salle pleine de collégiens qui, tous, me regardaient avec malice.

— Pas tous, dit Boisjoli.

— C'est vrai, tu te trouvais là. A l'heure de la récréation, j'allai, le cœur gros, rôder près de la porte par laquelle ma mère avait disparu. On me suivait, on chuchotait, on m'examinait ; je devais ressembler à un oiseau effarouché. Les plus hardis de mes futurs camarades m'accablaient de questions, et je me taisais. Je sentais que ma contenance gauche, inquiète, embarrassée, provoquait les sourires. Un grand garçon me poussa, après m'avoir fait un pied de nez, pour me tâter, selon l'expression en usage. Ma poigne valait la sienne ; mais je me sentais isolé, dépaysé, et plus anxieux de m'en aller que de me battre. Il y avait trois mois que tu étais à Sainte-Barbe, Boisjoli ; tu comptais déjà parmi les anciens. Tu accours, tu disperses mes tourmenteurs, tu me prends sous ta protection, et... Tiens, à ta santé, mon vieux Boisjoli !

— A la tienne, mon cher Pinson ! »

Après ce second toast, les amis demeurèrent de nouveau silencieux et absorbés.

« C'est à des heures pareilles, reprit M. Pinson, lorsqu'un chagrin vous serre le cœur, qu'on aime à parler du passé. Pauvre vieux collège! nous y avons vécu neuf années, Boisjoli, nous suivant classe par classe, nous disputant les premiers prix, jusqu'au jour où la composition générale te les faisait adjuger.

— Affaire de chance, Pinson.

— Et aussi d'intelligence et d'application, mon ami. La fortune peut venir à ceux qui dorment; le savoir, c'est autre chose : on ne le conquiert que par le travail, l'assiduité, les veilles. Te rappelles-tu le jour de notre sortie de Sainte-Barbe?

— Oui, nous sommes bravement allés nous faire raser, afin de nous présenter plus convenablement à l'École centrale.

— D'où tu es sorti le premier.

— Et toi second, ce qui est la même chose.

— A la sortie de l'École centrale, reprit M. Pinson, le directeur nous plaça dans les bureaux du chemin de fer de l'Est, avec promesse d'avancement rapide. Nous nous jurâmes alors de ne jamais nous quitter...

— Tu venais de perdre ta mère, Pinson, tu

avais besoin de mon amitié. Deux ans plus tard, ma mère mourut à son tour, et ton affection me rendit alors avec usure ce que la mienne t'avait prêté. »

Pour le coup, une larme perla dans les yeux des deux amis; ils se levèrent brusquement et gagnèrent un petit salon où une vieille servante achevait d'attiser un feu brillant. Là, ils s'assirent près d'un guéridon sur lequel reposait une cafetière. M. Pinson, continuant la conversation comme si elle n'eût pas été interrompue, reprit :

« Nous nous étions promis de ne jamais nous quitter, Boisjoli, et tu vas partir.

— Il le faut, Pinson; et toi-même, souviens-t'en, chaque fois que nous avons discuté cette question, tu as fini par m'approuver.

— C'est que l'heure du départ était éloignée, c'est qu'il me semblait qu'elle n'arriverait jamais.

— Il y a quinze ans, reprit Boisjoli, que je végète dans la modeste place qui, je le crus à mes débuts, devait me servir de marchepied pour me conduire aux plus hauts emplois.

— On ne t'a jamais rendu justice.

— Eh si ! mon ami ; mais les capacités courent

les rues, dans notre cher pays, et les premières places sont comptées. Il m'a manqué, et c'est aussi ton histoire, un protecteur qui, placé en haut de l'échelle, me facilitât l'ascension et me mît à même de montrer ce dont je suis capable. Néanmoins, si, comme toi, je possédais une petite fortune...

— Lorsque j'ai hérité de mes cinq mille livres de rente, Boisjoli, je t'ai déclaré ce que je déclare encore, c'est que la moitié de ce bien t'appartient.

— Sois tranquille, Pinson, cette moitié, je l'ai acceptée, et je viendrai peut-être te la réclamer un jour. En attendant, je veux tâcher de conquérir cette indépendance qui t'a permis de travailler à tes heures, de te produire enfin. Chez nous, encore une fois, les avenues sont encombrées ; il y a plus d'appelés que d'élus. La guerre qui vient d'éclater aux États-Unis fait la part belle aux hommes de notre profession ; je veux aller là-bas tenter la fortune. Je me suis donné dix ans pour devenir rentier ; au bout de ce temps, riche ou pauvre, je reviendrai.

— Et ces dix années, que tu me prends, me

les rapporteras-tu ? Nous reverrons-nous jamais ?
Suis-je immortel ? l'es-tu toi-même ?

— Il avait été convenu, Pinson, que nous
dînerions ensemble, pour la dernière fois, joyeusement. Faisons-nous une raison, il est trop tard
pour reculer. Je dois partir demain, et je par-
tirai. Allons, remplis mon verre de ton vieux
cognac. A ta santé ! »

Cette fois, les petits verres furent vidés preste-
ment. M. Pinson, en dépit de sa sobriété ordinaire,
voulut boire au bon voyage de son ami, à sa
réussite, à son prompt retour. Les deux convives,
dont le caractère, au fond, était jovial, retrouvèrent
peu à peu leur entrain, et ce fut le côté heureux de
leur jeunesse qui les occupa. Les *t'en souviens-tu ?*
se croisèrent ; on sourit d'abord, puis on finit par
rire bruyamment. Les trois ou quatre petits verres
absorbés, pour se porter à tour de rôle de nouvelles
santés, contribuèrent sans doute, autant que leurs
gais souvenirs, à dérider les deux anciens condis-
ciples.

« Si tu étais le véritable ami que tu prétends
être, dit tout à coup Boisjoli en plaçant son verre
entre la lampe et son œil, comme pour admirer

1.

la limpidité du liquide qui le remplissait, tu m'accompagnerais demain...

— A la gare? s'écria M. Pinson. As-tu pu croire un seul instant que je manquerais à ce devoir?

— Non, certes; mais quand je dis que tu devrais m'accompagner...

— Songerais-tu à m'emmener à New-York?

— *In medio veritas*, comme nous disions à Sainte-Barbe, reprit sentencieusement Boisjoli. Voyons, Pinson, tu es libre, tu n'as ni place, ni femme, ni enfants, rien qui te retienne au logis, et Calais n'est qu'à sept heures de Paris.

— Hum! dit M. Pinson, tu me voles mon dénoûment; ce que tu désires est depuis long-temps décidé dans mon esprit, et je voulais, à ta grande surprise, m'établir avec toi dans le wagon qui doit t'emporter à la frontière.

— Bravo! s'écria Boisjoli; je comptais là-dessus, et je bois à ton idée. Seulement, tu admettras que tu ne m'as rien accordé, puisque ta résolution était prise. Que t'en coûterait-il de pousser la promenade jusqu'à Londres, que tu ne connais pas? car, entêté Parisien que tu es, tu n'as jamais mis le pied hors de ta ville.

— Je connais Versailles, dit M. Pinson avec
gravité.

— Accompagne-moi jusqu'à Londres.

— Pourquoi pas jusqu'à Liverpool? s'écria l'ingénieur qui se leva d'un bond.

— C'est ce que je pensais, reprit tranquillement
Boisjoli ; pourquoi pas jusqu'à Liverpool ? Tu
verrais ainsi, en quelques jours, la mer, la Grande-
Bretagne, sa capitale, un de ses grands centres
industriels, et, par-dessus le marché, le beau
steamer *Canada,* sur lequel je dois m'embarquer.
Est-ce convenu ?

— Mais tu pars demain à neuf heures ?

— A neuf heures quinze, mon ami.

— Il me faut un passeport.

— Pourquoi faire ? Le passeport est aboli.

— Une malle.

— Peste ! comme tu y vas ; il te faut un sac de
nuit, et, comme dit une vieille chanson, deux
chemises, autant de mouchoirs, et une paire de
bas.

— J'ai un rendez-vous avec Viollet-le-Duc après-
demain.

— Tu as jusqu'à demain huit heures pour lui

écrire qu'un départ inattendu te force à remettre ton entrevue à huit jours.

— Et s'il se fâche ?

— Il se défâchera, surtout lorsqu'il **saura** le motif de ton absence.

— Mais...

— Voyons, Pinson, sers-moi tout de suite ton dernier argument, il se fait tard.

— Je pars ! dit l'ingénieur.

— J'en étais sûr ! s'écria Boisjoli, qui embrassa son ami avec effusion. Allons, à **ta** santé encore une fois, mon vieux Pinson !

— A notre amitié, Boisjoli !

— A demain, gare du Nord.

— A neuf heures, c'est convenu.

— Bonsoir !

— Bonsoir ! »

Son ami parti, M. Pinson fit plusieurs fois le tour de son petit salon, puis passa dans sa chambre à coucher, Là, il ouvrit son armoire à linge, contempla un instant ses chemises, ses bas, ses mouchoirs, artistement rangés par sa vieille bonne Marguerite, et osa enfin lui annoncer le voyage qu'il allait entreprendre. Dame Marguerite, qui, depuis dix ans qu'elle était au service de M. Pinson, ne l'avait jamais vu s'absenter vingt-quatre heures, crut d'abord à une plaisanterie.

« Apportez-moi un sac de nuit, lui dit son maître ; je veux préparer ce soir mes bagages.

— Un sac de nuit ! répéta la vieille bonne ; où le prendre, monsieur ? Je ne vous en ai jamais vu. »

Marguerite disait vrai. M. Pinson, employé aux travaux de la gare de Paris ou de Pantin, durant les années qu'il avait été attaché au chemin de fer de l'Est, n'avait guère visité, en dehors de la ville où il était né, que Saint-Cloud, Versailles, Château-Thierry, où il avait passé quelques jours avec Boisjoli, alors occupé de l'édification d'un viaduc. Il fut donc convenu qu'au point du jour, c'est-à-dire à sept heures du matin, dame Marguerite descendrait acheter un sac de nuit et une poche de chemin de fer.

Minuit avait sonné depuis longtemps, que M. Pinson ne dormait pas encore. Ce voyage si subitement résolu le tourmentait un peu.

« Bah ! se dit-il enfin, cela me fera du bien de sortir de chez moi, car je tourne au vieux garçon.

Mais quel changement dans ma vie que le départ de ce brave Boisjoli ! Adieu les controverses, les travaux en commun, les parties d'échecs, de bézigue, de dominos, les longues causeries d'hiver, les promenades en été, les !... Et lui, comment se passera-t-il de moi ? »

Enfin l'ingénieur s'endormit.

Le lendemain, 28 avril 1862, à neuf heures quinze minutes du matin, M. Pinson et son ami montaient dans le train de Calais.

Le sol étincelait sous les rayons d'un soleil déjà chaud. Les deux ingénieurs devaient arriver à Londres à dix heures du soir, y passer trois jours, puis gagner Liverpool. Là, Boisjoli s'embarquerait sur le *Canada*. Tandis qu'il voguerait vers cette Amérique que la France a possédée presque tout entière, où Washington a fondé une République modèle et d'où revenaient autrefois les oncles millionnaires, M. Pinson rentrerait paisiblement à Paris.

CHAPITRE II

ENTRE PARIS ET LONDRES

Il était cinq heures du soir lorsque les deux amis arrivèrent à Calais, l'ancienne *Caletum* des Romains. Ils eurent à peine le temps de manger trois ou quatre sandwiches que, sur les conseils de la dame préposée au buffet, M. Pinson arrosa d'un verre de grog au rhum, spécifique infaillible contre le mal de mer. Dix minutes plus tard, l'ingénieur mettait le pied à bord du steamer l'*Avon*.

Boisjoli ne connaissait pas la Manche; mais il avait navigué sur la Méditerranée, ce qui, momentanément, lui donnait sur son ami une supériorité marquée. M. Pinson, dont les exploits nautiques se réduisaient à une promenade sur le lac d'Enghien, promenade faite dix ans auparavant, se montrait émerveillé de toutes les nouveautés qui se présentaient à lui. Le ciel était nuageux;

les vagues, fouettées par une forte brise, mouton-
naient, selon l'expression des matelots, c'est-à-
dire que leur extrémité se couronnait d'une légère
écume. L'aspect sévère, métallique de l'immensité
liquide, qui s'étendait à perte de vue devant lui,
impressionna M. Pinson. Il frissonna légèrement
et songea à son chaud salon de la rue Nollet.

Une centaine de passagers de tout âge, de tout
sexe et de toute nationalité, couraient, se pressaient, se croisaient, se heurtaient sur le pont
étroit de l'*Avon*. Près du grand mât, solidement
attachée par de fortes cordes, se dressait une
berline de voyage surmontée d'une impériale. Un
Anglais, rasé, cravaté, ganté avec cette correction
qui n'appartient qu'à ce peuple méthodique, s'a-
vança, précédé d'un grand laquais en livrée, et
conduisant avec courtoisie une dame entre deux
âges. L'Anglais et sa compagne, à la grande
stupéfaction des autres passagers de l'*Avon,* se
hissèrent sur l'impériale de la berline. Des domestiques des deux sexes passèrent alors au noble
couple des châles, des couvertures, des gâteaux,
des bouteilles, des verres, des provisions plus
que suffisantes pour une longue traversée.

« Toujours pratiques, ces Anglais, dit M. Pinson ; mais pourquoi se juchent-ils sur l'impériale de leur voiture, alors que la bise souffle d'une façon si aigre? A leur place, je me logerais chaudement dans l'intérieur.

— Ils veulent mieux voir le paysage, dit Boisjoli.

— Le paysage! s'écria M. Pinson en montrant la surface uniforme qui s'étendait devant lui.

— Tu oublies que nous sommes à trente kilomètres de Douvres, reprit Boisjoli, et que les côtes d'Angleterre apparaîtront à nos yeux aussitôt que nous commencerons à perdre de vue celles de France. »

Le steamer se mit en mouvement ; M. Pinson, assis à l'arrière du petit bâtiment, regarda la terre s'éloigner.

« Les poètes ont raison, dit-il soudain, ce n'est pas sans un serrement de cœur que l'on quitte la patrie. Pauvre vieille France! j'ai peine à croire qu'il existe un pays qui la vaille ; je n'en veux d'autre preuve que la multitude d'étrangers qui, venus pour la visiter, s'y établissent et ne la quittent plus.

— Tu oublies la libre Amérique, Pinson ;

c'est par centaines de mille que les émigrants courent vers cette terre promise.

— Je respecte l'Amérique, Boisjoli; tu vas l'habiter, cela suffit pour me la rendre sacrée. Mais c'est la nécessité qui pousse des milliers d'émigrants sur ses côtes hospitalières, pas autre chose. Chez nous, ce qui attire les Européens, les Asiatiques, les Africains, les Américains et les Océaniens, ce sont nos mœurs polies, sociables, notre caractère bienveillant, puis nos musées, nos écoles et même notre cuisine. Chère France! voilà un quart d'heure à peine que j'en suis sorti, j'ai encore ses plages sous les yeux, et j'ai déjà peur de ne plus la revoir! »

M. Pinson se tut et regarda se perdre peu à peu dans la brume le phare, le gracieux clocher de l'hôtel de ville, l'église Notre-Dame, tous les monuments dont les Calaisiens se montrent fiers. M. Pinson, bien qu'il ne fût jamais sorti de Paris, était non seulement un habile ingénieur, mais un homme savant en histoire et en géographie; il possédait même des connaissances zoologiques assez étendues. Il se rappela que cette ville de Calais, dont il ne voyait plus que les feux, avait été assiégée, en 1347, par Édouard III, roi d'Angleterre, et illustrée par le dévouement d'Eustache de Saint-Pierre. Après deux siècles de captivité, Calais, toujours fidèle à la France, avait été reconquise par ce vaillant François de Guise, déjà célèbre par sa belle défense de Metz et par la bataille de Renty.

L'ingénieur, toujours tourné vers la côte, communiquait ses souvenirs à son ami, qui les complétait par ses propres impressions. Peu à peu Boisjoli ne répondit plus que par de courtes phrases, puis par monosyllabes, et garda enfin le silence. M. Pinson se pencha vers lui.

« Qu'as-tu donc? lui demanda-t-il aussitôt.

— Moi? Rien.

— Tu es tout pâle.

— C'est possible... un peu de malaise; cela va se passer. »

M. Pinson, levant les yeux sur le pont du steamer, demeura interdit.

« Prodigieux! » murmura-t-il.

C'est qu'une demi-heure de navigation avait bien transformé la scène. Au lieu du bruyant va-et-vient

du départ, un silence relatif régnait à bord de
l'*Avon*. Assis sur les bancs ou sur les cordages
enroulés, des hommes, des femmes, des enfants,
le regard fixe, les traits défaits, essuyaient sans
relâche la sueur qui perlait sur leurs fronts, respirant les uns des flacons, les autres des oranges ou
des citrons. Grâce à la violence de la houle,
l'affreux mal de mer avait déjà pris possession de
ses victimes. Le jeune gentleman qui, le monocle
sur l'œil, le cigare aux lèvres, avait triompha-
lement posé le pied sur le pont, se tenait, d'une
main, cramponné à un cordage, et, de l'autre,
dérangeait la symétrie de la raie tracée entre ses
cheveux pommadés. Ici, un mari soutenait sa
jeune femme qui se croyait à la veille d'expirer;
là, une pauvre mère avait à peine le courage de
s'occuper de son petit garçon, qui, libre de toute
surveillance, rôdait de la machine à l'entrepont,
de la poupe à la proue.

Mais le tableau le plus lamentable était celui
qu'offraient les deux passagers logés sur l'impériale de la berline. Monsieur et madame, les
traits défaits, penchés chacun d'un côté, appe-
laient à tour de rôle valet de chambre et camé-

riste. Ceux-ci, sans doute aussi incommodés que leurs maîtres, ne paraissaient ni ne répondaient. Les matelots, un sourire narquois sur les lèvres, passaient au milieu des infortunés dont leur navire était encombré et qui croyaient leur dernière heure prête à sonner.

M. Pinson avait l'âme trop bonne pour se divertir des scènes grotesques qui l'entouraient; d'ailleurs la pâleur croissante de son ami l'inquiétait.

« Ce n'est rien, répétait celui-ci, je connais de vieille date cet affreux mal; j'en ai fait l'apprentissage lors de mon voyage à Alger, mais c'est à recommencer. Toi, Pinson, tu as toujours de la chance : tu hérites, et tu n'as pas le mal de mer. Aurais-tu le courage d'aller me chercher un grog à la buvette? Il me semble que cela me remettrait. »

M. Pinson partit comme un trait, en ligne droite; à sa grande surprise, le roulis le fit brusquement dévier, et il alla tomber sur le dos d'une grosse dame qui, en dépit de ses excuses, ne l'accueillit pas par des bénédictions. Étonné d'avoir perdu l'équilibre, de sentir le plancher se mouvoir sous ses pieds, M. Pinson n'avança plus qu'avec précaution, s'accrochant aux cordages chaque fois qu'un mouvement de tangage ou de roulis le poussait de côté ou en avant. Il atteignit enfin la buvette, se fit servir un grog et revint vers son ami. Au bout de trois pas, le petit steamer, soulevé par une lame, pencha soudain à droite ; l'ingénieur dut lâcher sa proie pour saisir le plat-bord et ne pas tomber ; le verre qu'il portait, lancé à distance, alla inonder de son contenu un malheureux passager qui, assis près de la cheminée, se croyait à l'abri du vent et de toute mésaventure.

Ramassant son verre vide d'un air assez piteux, M. Pinson, non sans songer à la chaude atmosphère de sa chambre de la rue Nollet et à l'immobilité de son parquet, regagna la buvette. Il demanda un nouveau grog, puis se remit en route pour la proue, avec mille précautions. Il arrivait près du grand mât, lorsqu'un gentleman, s'approchant de lui avec politesse, s'empara du grog en disant :

« Pour une dame, monsieur ! »

Et, en effet, il présenta le réconfortant breuvage à une jeune miss aux yeux languissants.

M. Pinson, trop bien élevé pour faire la moindre réclamation, retourna bravement vers la buvette, et reparut bientôt avec un troisième verre plein. Encore cinq pas et Boisjoli entrait en possession de son grog, lorsqu'une dame, se plaçant devant M. Pinson, lui dit, d'une voix douce et suppliante :

« Pour mon mari, monsieur ! »

L'ingénieur n'avait pas encore ouvert la bouche pour répondre, que l'heureux mari buvait à petits traits la liqueur destinée à un autre.

M. Pinson, un peu dépité, regagna une quatrième fois la buvette ; là, on lui réclama les verres qu'il avait déjà emportés. Les garçons parlaient l'anglais le plus pur, langue à laquelle M. Pinson ne comprenait mot ; il répondit en français à ce qu'on ne lui demandait pas, et ce quiproquo eût duré longtemps, si un passager valide ne lui eût servi d'interprète. Un quatrième verre lui fut confié. Cette fois l'ingénieur eut soin de couvrir sa conquête de son mouchoir, afin de la dissimuler ; car, selon sa judicieuse réflexion, il devait y avoir, à bord de l'*Avon*, des douzaines d'épouses, de sœurs, de mères, et Boisjoli courait le risque de ne boire qu'à Douvres, sans compter

qu'il devait s'inquiéter de la longue absence de
son ami. La vérité, c'est que Boisjoli était trop
malade pour s'inquiéter de rien ; le malheureux
n'avait qu'un désir : atteindre le port et laisser
derrière lui ce maudit Pas-de-Calais, cette Manche
dont les vagues courtes infligent souvent le mal
des marins novices à des gens aguerris par de
longues traversées.

Le steamer entrait dans le port au moment où
M. Pinson, chargé de son quatrième verre, arrivait près de son ami. Le tangage et le roulis cessèrent comme par enchantement, et Boisjoli, subitement guéri, put savourer le grog si péniblement
obtenu. Les deux ingénieurs débarquèrent et suivirent les passagers qui se dirigeaient vers la gare.
Accoutumé à voir les compagnies de chemins de
fer s'occuper des bagages, Boisjoli ne songea
qu'à se caser avec son ami dans un wagon. Avisés
à temps, par un compatriote, qu'ils devaient aller
démêler leurs effets dans un monceau de malles
et de colis, pour les confier au train qui se disposait à partir, les deux ingénieurs durent abandonner les coins qu'ils avaient choisis, pour faire
métier de porteurs. Boisjoli s'en tira bien ; mais

M. Pinson ne pouvait retrouver son sac de nuit. Il le découvrit enfin sur une planche, à une hauteur telle qu'il dut réclamer une échelle pour l'atteindre. Si les Anglais maudissent la lenteur des douaniers français à classer les bagages dans les gares d'arrivée, Boisjoli et M. Pinson rendirent la pareille à l'incurie des compagnies anglaises, qui, depuis, ont fini par adopter le système français.

Bien que la nuit ne leur permît de rien voir, les deux ingénieurs étaient trop expérimentés pour ne point juger de la voie sur laquelle ils couraient par les légers soubresauts qu'ils ressentaient.

« Hein ! qu'en dis-tu ? demandait de temps à autre M. Pinson à son ami.

— Manque de niveau par-ci, par-là.

— Et cette vitesse ?

— Remarquable, en vérité.

— Voilà ce qui prouve que le contrôle de l'État, auquel nous tenons tant en France, n'est point indispensable pour bien faire.

— Vive ce contrôle néanmoins ! s'écria M. Pinson ; il nous fait voyager sûrement, doucement et rapidement. »

Deux heures plus tard, les voyageurs débarquaient à Londres, où régnait en ce moment une
grève générale de cochers. Assez embarrassés de
leur personne, les deux Français sortirent de la
gare, et, apercevant une enseigne qui représentait un magnifique lion rouge au-dessous duquel
se lisait, en grosses lettres :

ICI ON PARLE FRANÇAIS

ce fut de ce côté qu'ils se dirigèrent aussitôt.

CHAPITRE III

L'HOTEL DU LION ROUGE

Les deux amis, un moment fort inquiets, pénétrèrent joyeux dans l'hôtel, dont l'avis en lettres
majuscules : « Ici on parle français, » les avait
tout d'abord séduits.

« Depuis notre départ de Calais, dit M. Pinson, j'ai déjà songé vingt fois à troquer ce que j'ai
autrefois appris de grec et de latin pour quelques
douzaines de phrases anglaises. Nous devons
avoir l'air de niais, mon pauvre Boisjoli, en écoutant siffler à nos oreilles le noble idiome de
Shakespeare, dont nous ne comprenons pas un
traître mot. En vérité, quand je pense que tu vas
désormais t'exprimer dans cette langue, je m'at-
tendris doublement sur ton sort.

— Depuis quinze jours, dit Boisjoli, je travaille l'anglais sans relâche ; je sais déjà bon nom-

bre de petites locutions ; seulement, jusqu'à cette heure, je n'ai pas trouvé l'occasion de les placer. »

Un gros homme au ventre proéminent, aux favoris roux, au menton strictement rasé, s'avança d'un air avenant vers les voyageurs, et leur demanda leurs ordres en anglais.

« Nous voulons souper, coucher, dit Boisjoli ; nous sommes Français et nous ne savons que très peu l'anglais. »

L'hôtelier répondit par une phrase courtoise, à en juger par le salut dont il l'accompagna.

« Plaît-il ? » fit Boisjoli.

L'hôte parla de nouveau sans être mieux compris.

« Nous Français, nous pas parler anglais, » dit M. Pinson.

L'hôtelier salua encore ; puis, élevant la voix comme s'il s'adressait à des sourds, il dit en scandant les mots :

« *Pray, give your orders, gentlemen.* »

— Nous Français ! cria M. Pinson de toute la force de ses poumons.

— Nous faim, nous vouloir manger, dit Boisjoli.

— Et faire dodo, » ajouta son ami, qui, par

une pantomime expressive, appuya sa tête sur sa main et ferma les yeux.

L'hôte crut que M. Pinson souffrait des dents et lui conseilla de se gargariser avec du genièvre. Chacun des interlocuteurs, dans l'espoir de se faire mieux comprendre, élevait de plus en plus la voix. Les quiproquos se fussent succédé longtemps si un consommateur qui dégustait un verre de whisky, eau-de-vie d'orge très en honneur en Angleterre, ne se fût approché pour demander aux deux amis ce qu'ils désiraient.

« Nous sommes entrés ici sur la foi de l'enseigne, répondit Boisjoli, car, pour notre malheur, ni moi ni mon ami ne savons l'anglais ; nous voulons souper et nous coucher.

— Le garçon qui parle français est absent ce soir, messieurs, répliqua l'obligeant interprète après une courte conversation avec l'hôtelier ; mais je viens d'expliquer vos désirs au maître du *Lion rouge*, et vous allez être servis à souhait. »

M. Pinson et son ami furent alors conduits dans une chambre où se trouvaient deux lits étroits. Une demi-heure plus tard, servis par une jeune bonne irlandaise aux traits fins et avenants, ils se régalaient de jambon et s'abreuvaient d'ale, faute de mieux. Vers minuit, après avoir déploré l'étroitesse des lits, la dureté des matelas et l'absence totale d'oreillers, ils s'endormirent enfin.

Il faisait grand jour lorsque M. Pinson ouvrit les yeux ; il regarda autour de lui avec surprise.

« C'est vrai, dit-il, je ne suis plus rue Nollet ; je ne suis même plus en France, mais dans la capitale de l'Angleterre. Il y a la mer entre moi et les Batignolles, la mer ! En vérité, il faut toute mon amitié pour le brave garçon qui dort là, — et M. Pinson regardait le lit occupé par son ami, — pour que je ne regagne pas sur l'heure mon beau Paris, où les restaurateurs, s'ils parlent mal le français, le comprennent du moins admirablement. »

Boisjoli s'éveilla ; les deux amis regardèrent alors de compagnie par une des fenêtres de leur appartement, fenêtre à châssis ou à guillotine, dont le dangereux usage, passé de mode en France, est encore en honneur dans la métropole de l'Angleterre. En somme, sauf la teinte plus noire des maisons et l'étrangeté des cris qui montaient de la rue, nos voyageurs pouvaient croire qu'ils

n'avaient pas quitté Paris. M. Pinson sonna, la
servante irlandaise parut.

« Le garçon qui parle français est-il là ? »
demanda l'ingénieur.

La servante salua d'une façon affirmative et sortit. Trois minutes plus tard, elle reparaissait avec
une bouillote pleine d'eau chaude.

« Voilà qui est bien, dit M. Pinson, mais
envoyez-nous le garçon qui parle français, le...
garçon... qui... parle... français.

— *Yes, sir.* »

La petite servante s'éloigna de nouveau. Pendant son absence, M. Pinson et son ami, mettant
à profit l'eau qu'elle avait apportée, se rasèrent
et procédèrent à leur toilette. Vers dix heures, ne
voyant personne se montrer, ils descendirent dans
la salle à manger et se trouvèrent en présence d'une
demi-douzaine d'Anglais occupés à casser des œufs
dans des verres.

L'hôte s'approcha.

« Le garçon français ? » demanda M. Pinson.

L'hôtelier sourit agréablement et tira de la
poche de son gilet un petit papier qu'il présenta
aux deux amis. Sur ce papier était écrit : « Le

garçon français ne doit rentrer que dans l'après-
midi ; que ces messieurs veuillent bien excuser
l'hôte et patienter. »

« Patientons, dit Boisjoli, qui se mit à rire.

— Et déjeunons, » répondit M. Pinson.

A peine les deux amis étaient-ils assis que,
sans attendre leurs ordres, la petite servante plaçait
devant eux un plateau sur lequel reposait une
théière, quatre œufs et autant de mouillettes de
pain enduites de beurre.

« La carte ! dit M. Pinson.

— La carte ! répéta plus haut Boisjoli.

— La carte ! » répéta tant bien que mal la petite
servante.

Puis elle secoua la tête de droite à gauche et de
gauche à droite en signe de négation.

Qu'avait-elle compris ? C'est un mystère que le
temps lui-même n'expliquera jamais.

« Nous sommes naïfs, dit M. Pinson, la carte
doit être en anglais, et je ne sais trop à quoi
elle nous servirait. Voyons, Boisjoli, parmi les
phrases que tu as étudiées, s'en trouve-t-il une
dont on puisse faire usage à l'heure du déjeuner ?

— Je puis, dit Boisjoli, demander une soupe à la tortue, du *plum-pudding*, un lapin.

— Avec la meilleure volonté du monde, reprit M. Pinson, nous ne pouvons déjeuner avec de la soupe et du *plum-pudding*; garde donc ton anglais, il pourra nous servir à l'heure du dîner. Charles-Quint avait raison, Boisjoli, on est autant de fois homme qu'on parle de langues étrangères, et je comprends maintenant notre infériorité en face de MM. les Allemands et les Anglais. Si j'ai jamais des enfants, ils sauront l'anglais, dussé-je leur tirer cent fois les oreilles pour les forcer à l'apprendre.

Si nous demandions un beefsteak? dit Boisjoli.

— Voilà qui est pensé, s'écria M. Pinson, le mot beefsteak est anglais, et cette fois nous serons compris. »

Il fit aussitôt signe à la petite servante d'approcher.

« Beefsteak, lui cria-t-il, beefsteak aux pommes! comprenez-vous ? »

L'Irlandaise sourit; elle avait compris. Elle avait si bien compris qu'au bout de cinq minutes,

elle déposait devant les deux amis une large
tranche de bœuf et des pommes de terres cuites
à l'eau.

M. Pinson et son ami étaient trop sages pour
récriminer. La viande qu'on leur offrait étant
appétissante, ils déjeunèrent en somme très copieusement, sans se méfier de la bière qu'on leur
offrait, bière aussi capiteuse que les meilleurs
vins. Ils se levèrent de table, surpris de se sentir
en belle humeur, et, vers midi, ils se lancèrent au
hasard dans la grande ville qu'ils avaient hâte de
visiter.

Le contraste qui existe entre Londres et Paris ne
tarda pas à les frapper. Si Londres est plus vaste,
Paris est plus beau, plus clair, mieux aéré. Londres
est une immense cité ouvrière, Paris un élégant
château de plaisance. Londres forge, remue des
ballots, du fer, du charbon; Paris des plumes, des
étoffes, des fleurs. On ne saurait voir deux villes
plus rapprochées par la distance, plus dissem-
blables par l'aspect et les coutumes. Les deux
ingénieurs critiquèrent un peu, admirèrent beaucoup, et marchèrent toute la journée. Vers six heures
du soir, ils se trouvèrent devant un restaurant

français dont les garçons étaient à leur poste, et ils purent dîner à leur goût. A huit heures, ils entraient dans un théâtre où l'on jouait une pièce de Shakespeare. Mais, fatigués de leur journée de marche, ne comprenant rien de ce que disaient les acteurs, ils sommeillèrent une partie de la soirée dans leurs stalles et ne se réveillèrent qu'à l'heure où le spectacle finissait.

Aussitôt dans la rue, M. Pinson prit le bras de Boisjoli et l'interrogea sur ce qu'ils venaient de voir et d'entendre. Les deux amis marchèrent avec confiance, tournant ici, traversant là, suivant d'interminables voies, discutant toujours. A mesure qu'ils s'éloignaient du théâtre, les rues devenaient désertes, silencieuses. C'est que Londres, le rude ouvrier, ne veille pas comme Paris la coquette; il ferme ses magasins de bonne heure et se repose.

« Sommes-nous bientôt arrivés? demanda tout à coup M. Pinson à son ami.

— J'allais précisément, répondit Boisjoli, t'adresser la même question.

— Tu ne sais pas où tu es?

— Comment le saurais-je? Je suis depuis hier à Londres, où je n'ai jamais mis les pieds.

— Alors, où me conduis-tu ?

— C'est la question que j'ai voulu t'adresser vingt fois ; mais tu marchais avec une telle assurance que je te croyais sûr de la route.

— Je me laissais conduire. »

Les deux ingénieurs s'étaient arrêtés.

« En vérité, dit M. Pinson, l'air de l'Angleterre fait de nous des sots.

— C'est-à-dire, répondit son ami, que l'habitude de n'avoir point à nous préoccuper de la route que nous avons à suivre nous a trompés.

— Où sommes-nous ?

— A Londres.

— Dans quel quartier ?

— Cela ne nous avancerait pas à grand'chose de le savoir, dit Boisjoli ; ce qui nous importe, c'est de retrouver notre hôtel.

— Sais-tu à peu près dans quelle direction il est situé ?

— Je ne sais qu'une chose, c'est qu'il est près de la gare.

— Et cette gare, comment la nomme-t-on ?

— Oui, comment la nomme-t-on ? répéta Bois-joli. Demandons notre route.

— A qui ? dit M. Pinson, en montrant la rue déserte. Puis demander quoi ? il doit y avoir plus d'une gare à Londres ; puis encore, si *rail*, *wagon*, *express* sont des mots anglais, gare est français.

— C'est vrai, » reprit Boisjoli.

M. Pinson regarda sa montre.

« Minuit et demi, dit-il ; d'ordinaire, à pareille heure, je suis couché, je dors. »

Un pas lointain se fit entendre, les deux ingénieurs se tinrent cois. Le promeneur attardé approchait ; aussitôt qu'il fut près d'eux, M. Pinson et son ami, retirant leurs chapeaux, se placèrent devant lui :

« Pardon, monsieur, dit Boisjoli, ne pourrez-vous nous indiquer ?... »

Le passant doubla le pas.

« Monsieur ! » dit à son tour M. Pinson.

Le passant paraissait inquiet, il regardait autour de lui. Soudain, il fouilla dans sa poche, en tira quelques sous, les jeta aux deux amis stupéfaits, et s'éloigna d'un pas plus rapide.

« Il nous prend pour des mendiants, dit Boisjoli. Monsieur ! » cria-t-il en se lançant à la poursuite du passant.

Celui-ci, déjà loin, se mit à courir et, répétant deux ou trois fois : *Stop thief! stop thief!* (Au voleur !) il se perdit bientôt dans l'éloignement.

« Prodigieux ! s'écria M. Pinson. Ce brave Londonnais ou Londonnien, après nous avoir considérés comme des mendiants, nous prend maintenant pour des voleurs, c'est évident. Si un policeman eût passé, vois-tu d'ici notre position ? Comment expliquer notre détresse et demander notre route ? Le soir même de mon retour à Paris, ajouta M. Pinson, je me mets en quête d'un professeur d'anglais et je ne le lâche qu'après avoir appris sa langue.

— En attendant, marchons, dit Boisjoli.

— De quel côté ?

— Au hasard, jusqu'à ce que nous rencontrions un poste de police ou n'importe qui.

— Et tu trouves cela drôle, toi, de m'avoir arraché à ma rue Nollet pour venir me perdre, à minuit passé, dans une ville trois fois plus étendue que Paris et dont tu ne sais pas la langue ?

— Trois millions d'hommes dorment autour de nous, Pinson ; ils se réveilleront tôt ou tard, et il s'en trouvera bien un qui nous aidera à sortir d'embarras.

— C'est-à-dire que tu me proposes de coucher dans la rue.

— Non ; cependant, si tu es fatigué, nous pouvons nous asseoir sur le bord du trottoir.

— En vérité, dit M. Pinson, ton calme m'exaspère.

— Ne nous fâchons ni contre les choses ni contre les événements, dit Boisjoli ; cela ne leur fait rien du tout.

— Marchons, dit M. Pinson ; je suis incapable de rester en place.

— Je te préviens que nous allons consciencieusement tourner le dos à notre hôtel, dit Boisjoli ; en pareille aventure, on n'agit jamais autrement... Ah ! écoute. »

Un pas lointain retentissait en avant des deux amis ; ils marchèrent à la rencontre du promeneur attardé, se demandant de quelle façon ils l'aborderaient pour ne pas l'effrayer. Bientôt ils virent un enfant d'une douzaine d'années qui, en les apercevant, traversa rapidement la rue pour gagner le trottoir opposé à celui qu'ils occupaient.

L'enfant se mit alors à fredonner :

> C'est la mèr' Michel qu' a perdu son chat;
> Ell' cri' par la fenêtre...

« Petit ! » crièrent à la fois les **deux ingénieurs** avec ravissement.

L'enfant se tut, s'arrêta, puis, faisant le geste d'un soldat qui croise la baïonnette, il s'écria :

« Qui vive ! »

CHAPITRE IV

VIF-ARGENT

Le *qui-vive* articulé en français par le jeune garçon résonna d'une façon délicieuse aux oreilles des
deux ingénieurs.

« Ami ! s'empressa de répondre M. Pinson, qui
se dirigea vers l'enfant.

— N'approchez pas, dit celui-ci, ou je joue des
jambes ; il est minuit passé, messeigneurs, et,
bien que ma bourse soit un peu plate, je ne tiens
pas à vous en faire cadeau. Qui êtes-vous, et que
voulez-vous ?

— Te demander notre chemin, mon ami, dit
M. Pinson ; nous sommes perdus.

— Perdus ! s'écria le jeune garçon, perdus
dans Londres ! Je ne gobe pas ces bourdes-là,
moi. Au revoir !

— Arrête, cria l'ingénieur, nous sommes d'hon-

nêtes gens et je t'ai dit la vérité. Causons à distance, si tu veux, mais ne nous abandonne pas. »

L'enfant s'arrêta.

« Vous avez des langues, dit-il ; comment avez-
vous attendu que je passe pour me demander votre
route?

— Nous sommes à Londres depuis hier, et ni moi
ni mon ami ne parlons anglais. Nous venons de
nous adresser à un passant qui, faute de nous
comprendre, nous a pris pour des mendiants,
puis pour des voleurs.

— La bonne farce! s'écria l'enfant pris d'un fou
rire; la bonne farce! »

Et, à la grande stupéfaction des deux ingénieurs,
il exécuta, avec l'agilité d'un Auriol, une de ces
culbutes nommées « saut périlleux. »

« Voyons, dit-il en se rapprochant un peu de
M. Pinson, où demeurez-vous?

— Aux Batignolles, rue Nollet, répondit l'ingénieur.

— C'est un peu loin, dit l'enfant qui recula,
et je n'ai pas le temps de vous y conduire. Vous
voulez me faire poser; mais ça ne mord pas, mon
bonhomme. Bonsoir!

— Sot que je suis! murmura M. Pinson. Arrête, petit, cria-t-il en élevant la voix, je ne plaisante pas, et il y a cent sous à gagner.

— Pour vous conduire aux Batignolles?

— Non, pour nous conduire à l'hôtel où nous sommes descendus en arrivant à Londres.

— Comment se nomme-t-il cet hôtel?

— Le *Lion rouge*.

— Il y a, reprit l'enfant, cent hôtels à Londres qui arborent cette enseigne. Dans quelle rue niche le vôtre?

— Dans quelle rue? répéta M. Pinson qui regarda Boisjoli.

— Écoute, petit, dit celui-ci, faute de savoir prononcer l'anglais, nous ignorons le nom de la rue où se trouve notre hôtel. Ce que nous savons, c'est qu'il est situé sur une place, près de la gare.

— Quelle gare? Londres en possède une douzaine.

— Celle par laquelle on arrive de Paris.

— J'y suis. *London-Bridge station;* vous en êtes à une demi-lieue, pas davantage; elle n'est pas sur ma route; mais si vous donnez véritablement les cent sous que vous avez offerts...

— Les voilà, s'écrièrent les deux ingénieurs qui mirent à la fois la main à la poche pour tendre au jeune garçon une pièce d'argent.

— Hum! fit celui-ci, vous êtes d'honnêtes gens, je le veux bien; mais vous êtes deux, et je ne tiens pas à vous voir mettre le grappin sur moi. Jetez l'oiseau de mon côté, que je juge de sa voix. »

M. Pinson lança une demi-couronne aux pieds du gamin.

« Cette noble pièce, dit celui-ci après l'avoir examinée, vaut deux francs cinquante et non cinq francs.

— Nous compléterons la somme aussitôt que nous serons à notre hôtel.

— Tiens! pas si jobards, les Parisiens, dit le jeune acrobate en exécutant un nouveau saut périlleux. En route! » ajouta-t-il.

Le jeune garçon partit d'un pas accéléré. Il marcha d'abord au milieu de la rue, sur la même ligne que les deux ingénieurs, les surveillant du coin de l'œil. Il était vêtu d'une veste de drap trop étroite, d'un pantalon trop court, et coiffé d'une petite casquette ronde. Il avait la bouche fine, les

yeux noirs et vifs, des cheveux naturellement bou-
clés. Il y avait dans toute la petite personne de
l'enfant quelque chose d'élégant, d'alerte, de déter-
miné qui frappa les deux amis.

« Tu es Français? lui demanda M. Pinson

— Oui, monsieur; je suis né à Paris.

— Il y a longtemps que tu habites Londres?

— Trois ans.

— Tu es en apprentissage?

— Pas précisément; je travaille un peu à tout,
en attendant que je sois grand.

— Que font tes parents?

— Je n'en ai plus, monsieur; je n'ai pas connu ma
mère, et mon père est mort six mois après notre
arrivée à Londres.

— Pauvre petit! dirent à la fois les deux ingénieurs d'un ton si attendri, que le jeune garçon, perdant en partie sa méfiance, se rapprocha d'eux.

— Comment te nommes-tu? lui demanda Boisjoli après un moment de silence.

— *Quick-Silver*.

— Ce n'est pas là un nom français, dit M. Pinson.

— Non, c'est un surnom. Ils ne remuent pas

3.

beaucoup, les Anglais; le calme, c'est leur fort; moi, mon fort, c'est le mouvement; aussi m'ont-ils baptisé du nom de *Quick-Silver*, ce qui signifie Vif-Argent.

— Mais ton nom de baptême, ton nom de famille?

— Victor Brigaut, à ce que prétend la mère Pitch.

— Une de tes parentes?

— Non; en fait de parents, je dois posséder un oncle à Bordeaux, mais je ne connais pas son adresse. La mère Pitch est la veuve d'un matelot, une brave femme qui, lors de la mort de mon père, m'emmena dans sa chambre située au-dessus de la nôtre, afin de ne pas me laisser sur le pavé.

— Elle s'est chargée de toi?

— Pas tout à fait, monsieur, car elle n'est pas riche. Elle m'a conduit chez elle, pour essayer de me consoler, et, pendant huit jours, elle m'a fourni à boire et à manger, plus un matelas pour me coucher. Au bout de ce temps, j'étais un peu moins triste de ne plus voir mon père, c'est-à-dire que je pouvais penser à lui sans pleurer. Un soir, tout en soupant, la mère Pitch me fit comprendre

sa position et la mienne. Elle était pauvre, très
pauvre; de mon côté, j'étais désormais sans appui,
sans ressources; je devais travailler, gagner ma
vie. « Tu coucheras toujours ici, me dit-elle; les
jours difficiles, je partagerai avec toi mes pommes
de terre et mon pot d'ale. » Elle l'a fait, monsieur.

— Tu lui donnes l'argent que tu gagnes?

— Non; je lui rembourse les dépenses que je
lui occasionne, rien de plus. Quand il m'arrive une
bonne aubaine, je lui achète une jupe, des mitai-
nes, de la charcuterie, son régal, et je fais remplir
son pot de bière jusqu'au bord. Quand la mauvaise
chance me poursuit, je suis toujours sûr, en
rentrant, de trouver mon assiette près de la sienne
et une petite tape d'encouragement.

— Et quel métier exerce cette brave femme?

— Elle carde les matelas; seulement, elle est
si âgée qu'elle ne gagne pas beaucoup.

— N'as-tu jamais cherché à retrouver les
parents que tu as en France?

— Je sais qu'ils demeurent à Bordeaux, voilà
tout.

— Sont-ils riches ou pauvres?

— Riches, monsieur, comme l'a été mon père,

car je me souviens qu'il y avait dans notre maison
de Paris des bonnes, des domestiques, un cocher.
Mon père, ruiné par je ne sais quelle cause, m'emmena en Angleterre. Il parlait de refaire sa fortune,
la mort l'a emporté.

— Tu sais lire?

— Et même écrire et compter.

— Comment gagnes-tu ta vie? demanda à son
tour Boisjoli.

— Je fais les commissions, j'aide à décharger
les navires; parfois, comme ce soir, je travaille
chez Astley en qualité de figurant.

— Qui est Astley?

— Le Franconi de Londres.

— Tu es acrobate? dirent à la fois les deux ingénieurs en se souvenant du saut périlleux exécuté
par le petit garçon.

— Pas encore, répondit celui-ci, mais je me
forme. Je commence à savoir me tenir debout sur
un cheval, et, pour les culbutes, j'enfonce tous mes
camarades.

— Tu es honnête? demanda Boisjoli.

— Oui, monsieur, répondit l'enfant qui regarda
son interlocuteur bien en face. Quinze jours après

la mort de mon père, je travaillais à trier du charbon avec des garçons de mon âge; un d'eux devint mon camarade. Il avait souvent de l'argent, j'en étais surpris. Il m'apprit qu'il volait aux étalages, voulut me montrer ce qu'il appelait son métier; mais ça ne m'allait pas. J'en parlai à la mère Pitch; elle me fit comprendre qu'il vaut mieux jeûner que voler, et, au nom de mon père, exigea de moi la promesse de résister aux mauvais conseils, de rester toujours un honnête garçon. J'ai promis, monsieur, et la mère Pitch, avec laquelle je cause chaque soir avant de me coucher, m'a si bien appris de quel côté se trouve le bien et le mal, que je ne puis plus me tromper. »

L'histoire du petit Vif-Argent intéressait si fort les deux ingénieurs qu'ils oublièrent leur situation et la longueur de la route; aussi furent-ils tout surpris lorsque l'enfant leur dit :

« Nous voici à London-Bridge station; tâchez maintenant de vous reconnaître. »

Il y a une telle différence d'aspect entre le mouvement qui anime les rues d'une grande ville pendant le jour, et le calme qui les envahit la nuit, alors que les boutiques sont fermées, que ni

M. Pinson ni M. Boisjoli ne pouvaient s'orienter.
Vif-Argent, avec patience et sagacité, les conduisit près de la porte par laquelle ils avaient dû
sortir de la gare, et, peu à peu, les amena près de
leur hôtel, qu'ils reconnurent enfin. Au coup de
marteau retentissant frappé par l'enfant, l'hôte lui-
même accourut. Vif-Argent, en quelques mots, lui
raconta l'aventure des deux ingénieurs, ce qui le
fit beaucoup rire.

« Demande-lui si le garçon qui parle français
est enfin rentré? » dit M. Pinson.

Vif-Argent, après une assez longue conversation avec l'hôte, avisa de sa part les deux amis
que le garçon français serait à leur disposition le
lendemain matin. Puis, avant qu'ils eussent eu
le temps de lui payer la somme qu'ils lui avaient
promise, l'enfant leur cria bonsoir et partit en
courant.

« Ouf! fit Boisjoli en se laissant tomber dans
un des fauteuils de sa chambre, que penses-tu
de cette journée d'aventures, Pinson?

— Je pense, répondit l'ingénieur, que nous
avons l'air de véritables héros de vaudeville, et
que tout ce qui m'arrive depuis ma sortie de la

rue Nollet me semble aussi incroyable que prodigieux.

— On gagne toujours à voyager, dit Boisjoli ; je
te l'ai souvent répété.

— On gagne des courbatures, j'en conviens,
répliqua M. Pinson ; aussi vais-je dormir comme
un sourd. »

Cependant, au lieu de se coucher, M. Pinson regarda machinalement son ami se désha-
biller.

« A quoi songes-tu, Pinson ? demanda celui-ci.

— Au petit diable à qui nous devons de reposer
ce soir ou plutôt ce matin dans notre lit ; il
m'a intéressé, ce bambin. Quelle vivacité ! quel
franc regard ! je suis désolé qu'il soit parti si
vite.

— Pourquoi ?

— J'aurais voulu l'interroger encore ; il me
semble, Boisjoli, qu'il y a là un devoir à remplir.
Cet enfant, perdu dans cette grande ville, est
notre compatriote, notre pays, puisqu'il est Parisien. Il a des parents à l'aise, d'après son récit, et
je crois qu'il serait bon de l'aider à les retrouver.

En somme, il vit dans la misère. A la longue, les tentations, les mauvais exemples peuvent effacer de son esprit les bons conseils que lui donne la brave cardeuse de matelas. C'est une intelligence qui se noie ou peut se noyer, tendons-lui la perche.

— Bravo, Pinson ! voilà une tâche digne de toi. A ton retour de Liverpool, si la police anglaise est aussi bien faite qu'on le dit chez nous, il te sera facile de retrouver le petit Victor Brigaut ; il paraît si intelligent qu'il ne manquera pas de te donner assez de renseignements pour que tu puisses le rendre à sa famille.

— Je le ferai, Boisjoli, et je le ferai en ton nom ; cette bonne action te portera bonheur dans tes travaux et dans tes entreprises.

— Merci ! » dit Boisjoli qui serra la main de son ami.

M. Pinson, en dépit de la fatigue qu'il ressentait, eut quelque peine à s'endormir. Il voyait le petit Vif-Argent exécuter ses culbutes aériennes, il l'entendait, de sa voix douce et sympathique, raconter de nouveau sa triste histoire.

« Pauvre enfant, murmura-t-il à plusieurs reprises, Dieu fasse que je le retrouve ! »

Le jour brillait quand M. Pinson se réveilla.
Boisjoli, déjà debout, s'habillait sans bruit.

« Est-ce un vrai rayon de soleil qui traverse
notre fenêtre? demanda l'ingénieur en se frottant
les yeux.

— Un vrai, répondit Boisjoli, je viens de le véri-
fier. De même que toi, et sur la foi des voyageurs
de notre nation, j'ai un moment douté de la réalité.
En voyant paraître ce rayon, j'ai cru à un produit de l'industrie anglaise. Mais non, le disque
rouge qui brille là-haut est bien le soleil en personne.

— As-tu déjà sonné ?

— Pas encore.

— Tu n'es pas curieux, Boisjoli.

— Que veux-tu dire ?

— Qu'un de mes désirs les plus vifs est de
faire la connaissance de ce fameux garçon français que nous attendons depuis quarante-huit
heures.

— Tu soupçonnes, comme moi...

— Sonnons, ne faisons pas de conjectures. »

Boisjoli sonna; un pas léger se fit entendre
dans le corridor.

« La petite servante ! dit Pinson, je l'aurais parié.

— Et tu aurais perdu ! » s'écria Boisjoli.

La porte venait de s'ouvrir, et Vif-Argent, exécutant son fameux saut périlleux, tombait au milieu de la chambre en disant :

« Voilà, messieurs, voilà ! »

CHAPITRE V

A LONDRES

Vif-Argent, vêtu d'une veste neuve, d'une chemise blanche, d'un pantalon irréprochable du côté de la longueur, et coiffé d'un chapeau rond, avait tout à fait bon air; sous son simple accoutrement il parut encore plus intéressant que la veille aux deux amis.

« Bravo ! s'écria M. Pinson en le voyant paraître ; mais comment te trouves-tu ici, petit ? as-tu donc pris du service dans cet hôtel ?

— Oui, monsieur, depuis hier. Le garçon qui sert ordinairement de cornac aux étrangers...

— De cornac ! s'écria Boisjoli.

— De guide, reprit Vif-Argent avec vivacité. Or, il paraît que ce garçon est... enrhumé ; si vous y consentez, je vais momentanément tenir sa place.

— Je commence à me convaincre, dit M. Pinson, que ce garçon n'a jamais existé.

— Ça, c'est l'affaire de l'hôtelier, répondit Vif-
Argent, qui cligna de l'œil. Voyons, messieurs,
que désirez-vous? Vous avez sonné, et l'on m'a dit
de venir me mettre à vos ordres.

— Nous voulons d'abord te payer notre dette
d'hier, petit, car tu es parti sans nous donner le
temps de l'acquitter.

— Il était tard, la mère Pitch devait être
inquiète, et je savais où vous retrouver.

— Alors tu es à notre service, à notre service
particulier?

— Pour toute la journée.

— Tu connais bien Londres?

— Ce n'est pas difficile.

— Je ne suis pas de ton avis. Une ville peuplée de deux millions quatre cent mille habitants,
composée de sept quartiers, et dans laquelle on
parle une langue... Mais laissons cela. Tu sais ce
qu'il y a de curieux à visiter ici pour des étrangers.

— Pour cela, oui; il y a d'abord le *Zoological
Garden*.

— Parle français, mon ami; c'est de rigueur avec
nous, dit Boisjoli.

— Le *Zoological Garden*, reprit Vif-Argent,

est le Jardin des Plantes de Londres ; il y a là des bêtes de toutes les parties du monde, des bêtes vivantes.

— Bon. Après ?

— Il y a l'église Saint-Paul qui est l'église Notre-Dame de Londres.

— Bon encore. Après ?

— Il y a le Colosseum, le Palais de Cristal, le Musée Britannique, Westminster, la Chambre des Communes, celle des Lords, la Galerie Royale, l'Observatoire de Greenwich, la Colonne de Nelson, la Tour... le...

— Assez, dit M. Pinson ; nous avons quarante-huit heures à dépenser, rien de plus ; tu vas nous conduire à Saint-Paul, puis nous verrons.

— La plus belle chose de Londres, dit Vif-Argent, c'est le Jardin Zoologique.

— Tu l'as visité ?

— Oh ! non, l'entrée coûte trop cher. »

Les deux ingénieurs, une fois habillés, descendirent dans la salle à manger, où l'hôte vint les saluer d'un air radieux. Le brave homme se montra si empressé, si aimable, et la petite ser-

vante irlandaise si souriante, que ni M. Pinson ni
Boisjoli ne songèrent à se plaindre.

« Fais-nous servir, dit ce dernier à Vif-Argent,
un beefsteak et des pommes de terre frites.

— Ce plat-là n'appartient pas à la cuisine anglaise, répondit Vif-Argent ; si vous voulez manger
un beefsteak aux pommes, je vous conduirai dans
un restaurant français.

— Plaisantes-tu ? s'écria M. Pinson.

— Non, monsieur ; c'est comme les petits pois
à l'anglaise, on les mange ici sans beurre et avec
de la menthe comme assaisonnement. Mon
pauvre père y a été pris le jour de notre arrivée,
et je me souviens encore de sa surprise.

— Prodigieux ! dit M. Pinson. Que t'en semble,
Boisjoli? Les beefsteaks aux pommes inconnus à
Londres, en Angleterre !

— Les voyages sont une grande école, répondit celui-ci ; ils nous instruisent et nous débar-
rassent de nos préjugés.

— Et de nos illusions, Boisjoli. Voyons, petit,
fais-nous servir quelque chose de bon et partons. »

Les deux ingénieurs, après s'être consultés,
firent asseoir Vif-Argent à leur table, et l'enfant

en fut tout ravi. On mangea des huîtres, qui, à la grande stupéfaction des deux amis, leur furent servies sur la coquille plate. Ils demandèrent une salade, et l'huilier, composé de deux flacons de taille si exiguë que l'un contenait à peine une cuillerée d'huile, et l'autre une cuillerée de vinaigre, les égaya beaucoup. Quant au pain, on le leur apportait par bouchées, ce qui les obligeait à en redemander sans cesse. Vif-Argent se bourrait de pommes de terre et de beurre, et buvait avec délice du thé non sucré. Enfin on partit pour Saint-Paul, que les ingénieurs tenaient à visiter.

En route, Boisjoli voulut acheter un couteau et plusieurs de ces objets de toilette pour lesquels l'Angleterre est renommée.

Vif-Argent le conduisit dans un bazar admirablement approvisionné. En entrant, M. Pinson et son ami saluèrent en retirant leurs chapeaux.

« Couvrez-vous, leur dit Vif-Argent, ou l'on va vous prendre pour des domestiques.

— Comment cela?

— Ce n'est pas la coutume en Angleterre de retirer son chapeau pour dire bonjour; je voulais déjà vous en aviser ce matin en vous voyant vous découvrir pour saluer l'hôte.

— Prodigieux! murmura M. Pinson.

— Parbleu, dit Boisjoli, voilà pourquoi le Londonnais que nous avons si civilement abordé hier nous a pris pour des mendiants. »

Les deux amis eurent beaucoup à regarder dans le bazar; si le côté élégant, gracieux des petits instruments nécessaires à l'homme civilisé, est sacrifié en Angleterre, en revanche, le côté utile, pratique est singulièrement perfectionné. Boisjoli, ayant choisi un magnifique couteau des fabriques de Sheffield, les plus célèbres de la Grande-Bretagne, et trouvant le prix de vingt-trois francs qu'on lui demandait un peu élevé, en fit offrir vingt. Le marchand, sans répondre un seul mot, replaça le couteau dans la vitrine et se rassit paisiblement.

« Eh bien! que signifie cela? demandèrent à la fois les ingénieurs.

— Le bonhomme est vexé de votre offre, dit Vif-Argent; il vous tourne le dos parce que vous avez l'air de supposer qu'il a voulu vous tromper.

— En vérité, dit M. Pinson, la bonne foi

est-elle si grande parmi les marchands de Londres qu'il faille les croire sur parole ?

— Mais oui, monsieur, à peu d'exceptions près.

— Eh bien, ne fût-ce qu'au point de vue de l'économie du temps, dit M. Pinson, je voudrais voir cette coutume s'établir en France. »

Tandis que les deux amis passaient en revue les étagères du magasin dans lequel ils se trouvaient, Vif-Argent contemplait avec une admiration visible une rangée de bassinoires. A la fin il s'informa du prix d'un de ces ustensiles, et fit une grimace lorsqu'il entendit résonner le chiffre de douze francs.

« Qu'a donc une bassinoire de si tentant pour toi ? lui demanda M. Pinson.

— Rien ; une idée qui m'a passé par la tête.

— Quelle idée, petit ?

— La mère Pitch, monsieur, a des rhumatismes, et elle parle sans cesse de la bassinoire qu'elle s'achètera lorsqu'elle sera riche. Or, j'avais cru qu'en joignant aux cinq francs que vous m'avez donnés les deux shillings que m'a promis l'hôtelier... mais je n'y pense plus. »

M. Pinson et Boisjoli échangèrent un regard.

« Donne l'ordre de porter cette bassinoire chez Mme Pitch, dit ce dernier; nous t'en faisons cadeau. »

Il fallut répéter cet avis à Vif-Argent avant qu'il en tînt compte. Lorsque la bassinoire fut enveloppée, l'adresse inscrite, et que M. Pinson l'eut payée, Vif-Argent, à la grande surprise du marchand, de ses garçons et des acheteurs qui se trouvaient là, exécuta un formidable saut périlleux. Il pressa ensuite à l'anglaise, c'est-à-dire en les secouant avec énergie, les mains des deux amis.

« Bon! bon! dirent ceux-ci; seulement pas de culbutes en public, petit, tu nous ferais prendre pour des saltimbanques. Partons, et conduis-nous sur les quais, que nous puissions voir un peu la Tamise.

— Sur les quais? répéta Vif-Argent, mais la Tamise n'a point de quais[1].

— Est-elle partout encaissée entre des maisons comme nous l'avons vue du pont que nous venons de traverser?

---

1. Elle en a depuis quelques années.

— Exactement, monsieur.

— Eh bien, ses eaux ont beau se cacher sous une multitude de barques, de steamboats et de navires, elles me paraissent encore plus noires que tout à l'heure. Un fleuve sans quais ! qu'en dis-tu, Boisjoli ?

— Si la Tamise possédait des quais, mon ami, Paris aurait sur lui une supériorité de moins.

— Patriotiquement dit. A Saint-Paul, petit. »

Une demi-heure plus tard, on arrivait en face du célèbre temple qui, de même que le Panthéon de Paris, est une imitation réduite du fameux Saint-Pierre de Rome.

Construite en pierres de Portland, petite île qui ferme la rade de Weymouth, l'église Saint-Paul est l'œuvre du chevalier Wren. Commencée en 1675, elle fut achevée trente ans plus tard, en 1710. Elle s'élève sur un tertre autrefois occupé par un temple dédié à la déesse Isis, et sa fameuse coupole, haute de trois cent quarante pieds, en compte cent de diamètre intérieur. M. Pinson et son ami, tout en admirant en connaisseurs les belles proportions de l'édifice, considérèrent les deux clochers qui ornent sa façade comme indignes, par leur mauvaise ordonnance, de l'ensemble majestueux de l'œuvre de sir Christopher Wren.

Après avoir visité la vaste nef de l'église, critiqué son manque d'élévation et l'étroitesse de ses bas-côtés, les deux ingénieurs voulurent monter sur la coupole. Pour mettre ce projet à exécution, il leur fallut encore dénouer les cordons de leurs bourses.

« Pratiques, trop pratiques, ces Anglais, répétait M. Pinson ; j'espère qu'après avoir exigé un shilling pour nous permettre de pénétrer dans leur temple, puis un demi-shilling pour nous laisser monter jusqu'à la coupole, ils vont en exiger le double pour nous autoriser à redescendre et à sortir. Sans y mettre aucun amour-propre national, Boisjoli, tu conviendras que notre générosité, qui ouvre gratis les portes de nos monuments aux étrangers, est plus hospitalière que la contribution perpétuelle à laquelle la Grande-Bretagne soumet ses visiteurs. »

Vif-Argent, après s'être longtemps diverti à interroger l'écho qui, par un phénomène d'acoustique, règne à l'intérieur du dôme de Saint-Paul,

ramena les deux ingénieurs sur la grande place,
et leur proposa de nouveau une visite au Jardin
Zoologique.

« Allons au Musée Britannique, » dit M. Pinson.

Vif-Argent se pinça le bout de l'oreille d'un air
désappointé, mais il prit les devants. On passa
devant la colonne que les Anglais désignent sous
le nom de Monument, colonne élevée en souvenir de l'incendie qui, en 1666, détruisit Londres
presque en entier. Les ingénieurs voulurent monter
jusqu'au faîte pour voir la ville à vol d'oiseau. Ils ne
distinguèrent que des toits sans nombre, se perdant
à demi dans une brume produite par la fumée.
Son aspect noir, morne, leur fit de nouveau ranger
la plus peuplée des capitales de l'Europe au
nombre des villes tristes.

Une voiture de place, dont M. Pinson admira
l'excellent attelage, déposa bientôt les visiteurs sur
le seuil du Musée Britannique. Là encore il fallut
payer ; mais, si les tableaux les émerveillèrent peu,
surtout en les comparant aux richesses que possède
le Louvre, les deux ingénieurs ne se lassèrent pas
d'admirer les bas-reliefs du Parthénon, rapportés

4.

en 1810 par lord Elgin. Le noble lord a été longtemps qualifié de barbare pour cette action, et
pourtant, sans lui, l'œuvre du fameux Phidias eût
été détruite, comme bien d'autres merveilles, lors
du bombardement d'Athènes par les Turcs en 1827.
Ce qu'il faut regretter, c'est qu'un Français n'ait
pas devancé lord Elgin et doté notre pays de ces
incomparables chefs-d'œuvre.

Les galeries dans lesquelles sont établies les
collections d'histoire naturelle séduisirent aussi les
deux ingénieurs. Ils durent reconnaître que les
vastes salles qu'ils parcouraient l'emportaient de
beaucoup en confortable et en richesse sur les
salles étroites de notre Muséum, salles depuis
longtemps indignes d'un pays comme la France,
d'une capitale comme Paris. Vif-Argent goûta beaucoup plus la vue des animaux empaillés que celle
des sculptures et des peintures. Il se taisait et admirait.

« Comme ce doit être beau, dit-il soudain, de
voir ces oiseaux aux plumes rouges, vertes et
bleues, voler dans l'air ou se poser sur les arbres !
Ici, sans les moineaux qui sont tous gris, grâce
à la fumée du charbon de terre, on croirait qu'il.

n'y a pas d'oiseaux du tout. Dites-moi, monsieur, ajouta l'enfant en s'adressant à M. Pinson, est-ce Robinson qui a rapporté ici ces bêtes ?

— Non, répondit l'ingénieur, qui ne put s'empêcher de sourire ; d'abord parce que Robinson est un être imaginaire, puis parce qu'il y a ici le résultat des recherches et des travaux de plusieurs centaines de savants.

— Robinson n'a pas existé ? s'écria Vif-Argent.

— C'est-à-dire que Daniel de Foë, son biographe, a simplement poétisé les aventures du marin Selkirk.

— Mais Vendredi ? les anthropophages ? »

M. Pinson essaya de faire la part de l'imagination et de la vérité dans l'histoire de Robinson ; mais Vif-Argent défendit son héros de prédilection avec énergie. Il ne connaissait guère d'autre livre que celui-là ; cent fois il l'avait lu à la mère Pitch, et, pas plus que lui, la mère Pitch n'avait jamais douté de l'existence de Robinson.

« Bah ! dit Boisjoli à son ami, laisse ce petit

homme dans sa croyance ; elle n'est point nuisible,
et l'âge lui apprendra la vérité. »

Aussitôt hors du Musée Britannique, et bien qu'il
fût déjà tard, Vif-Argent hasarda la proposition de
se rendre au Jardin Zoologique. M. Pinson opina
pour la Tour de Londres, et ce fut de ce côté que
l'on se dirigea.

La Tour, dont quelques écrivains font remonter
la fondation au temps de Jules César, existait
déjà sous Guillaume le Conquérant. C'est une vaste
forteresse qui, entourée d'un fossé profond, renfermait encore au commencement de notre siècle la
prison d'État, la Monnaie, d'immenses salles
d'armes, les joyaux de la couronne et une ménagerie de bêtes féroces.

Cette réunion bizarre de choses disparates est
assez commune en Angleterre, le pays des contrastes piquants.

Après avoir visité les salles d'armes, conduits
par des gardiens qui portent l'antique costume
des gardes de Henri VIII ; après avoir vu à
travers une grille les joyaux de la couronne, dont
la valeur est, dit-on, de deux millions de guinées,
M. Pinson et son ami songèrent à dîner. Grâce à

leur petit interprète, les deux amis purent manger ce qui leur plut et savoir ce qu'ils avaient à payer. Le repas terminé, il s'agissait de passer la soirée ; Boisjoli et M. Pinson, faute de comprendre, s'étaient mortellement ennuyés la veille et voulaient un spectacle pour les yeux.

« Si cela ne vous contrarie pas, dit Vif-Argent, je vous conduirai chez Astley ; là tout est clair ; il suffit de regarder pour comprendre. Je vous établirai dans la salle, puis j'irai remplir le petit bout de rôle dont je suis chargé chaque soir, ce qui m'empêchera de perdre mon emploi et les dix *pence* qu'il me produit. »

Les deux amis acceptèrent, et, après les avoir placés, Vif-Argent les quitta. Il leur avait expliqué que, dans le cortège qui défilerait à la fin de la soirée, il représenterait le page monté sur un poney. Les deux amis admirèrent l'agilité du clown, l'adresse des écuyers, la beauté des chevaux et leur parfait dressage. Ils s'aperçurent que les Anglais, au lieu de crier *bis* lorsqu'ils voulaient faire répéter un tour qui leur plaisait, se servaient du mot français « encore ». Vif-Argent parut d'abord dans une petite scène comique. Son accou-

trement seyait à ravir à ses traits malicieux. Au
défilé, l'enfant les salua; puis il vint les rejoindre
à la sortie. Une heure plus tard, il les abandonnait
devant leur hôtel, et partait en courant pour savoir
ce qu'avait dit la mère Pitch en recevant sa bassinoire.

CHAPITRE VI

LIVERPOOL

Il était dix heures lorsque M. Pinson sonna ; de même que la veille, il vit apparaître Vif-Argent.

« Eh bien, petit, quoi de nouveau ? lui demanda l'ingénieur.

— J'ai à vous remercier de la part de la mère Pitch, monsieur, car je lui ai dit que c'était à vous qu'elle devait la belle bassinoire dont elle est ravie. Hier au soir elle a veillé jusqu'à mon retour afin de savoir d'où lui venait ce cadeau, et elle m'a chargé de vous dire qu'elle voudrait bien causer avec vous de mon père et de moi.

— A mon retour de Liverpool, dit M. Pinson, tu me conduiras chez elle, c'est chose entendue. Pour le moment, déjeunons et partons vite.

— Quel est l'emploi de notre journée ? demanda Boisjoli.

— D'abord une visite aux docks de la compagnie des Indes.

— Après?

— Le Jardin Zoologique, dit Vif-Argent, doit être bien beau par ce temps de soleil. »

Les deux amis avaient déjà remarqué l'insistance de leur petit guide à rappeler le Jardin Zoologique ; ils comprirent son désir de visiter ce lieu qu'il rêvait plein de merveilles.

« Allons aux docks, lui dit M. Pinson ; tu nous conduiras ensuite où tu voudras. »

Les yeux de Vif-Argent brillèrent de plaisir, et, vers deux heures de l'après-midi, après une longue promenade dans les immenses dépôts de marchandises de la riche compagnie des Indes orientales, compagnie dont les immenses possessions font aujourd'hui partie de la couronne d'Angleterre, Vif-Argent, qui s'était passablement ennuyé en écoutant les ingénieurs discuter sur des matières hors de sa portée, reçut enfin l'autorisation de les conduire où bon lui semblerait. Il les embarqua sur un de ces steamboats qui font office d'omnibus sur la Tamise, et leur fit traverser ce fameux tunnel qui, durant de longues années, fut une merveille sans utilité. Ce tunnel, construit par le Français Brunel, sert maintenant de passage aux locomotives d'un chemin de fer souterrain qui est une des curiosités de Londres. Du tunnel, on se rendit en voiture au Jardin Zoologique. Aussitôt qu'il eut dépassé le tourniquet d'entrée, Vif-Argent, au comble de ses vœux, ne put s'empêcher d'exécuter un saut périlleux de première classe.

Le Jardin Zoologique de Londres est une entreprise particulière ; aussi, pour attirer les visiteurs, qui doivent payer le droit de s'y promener, est-il forcé de maintenir sa ménagerie au grand complet, de l'enrichir sans cesse d'animaux amenés des cinq parties du monde. Les ours, les léopards, les panthères, les rhinocéros et les éléphants attirèrent surtout l'attention de Vif-Argent. L'enfant, une fois devant les cages, ne pouvait plus s'en arracher, et ses admirations naïves, ses cris de joie, ses battements de mains amusèrent beaucoup ses compagnons.

« Comme il devait être heureux ! dit soudain le petit garçon en poussant un gros soupir.

— Qui ? demanda M. Pinson.

— Robinson, monsieur ; vous avez beau croire

5

qu'il n'a pas existé, les pays où vivent toutes ces bêtes existent, eux, et, pour voir passer des ours, des lions, des tigres, il suffisait à Robinson de fumer sa pipe sur le pas de sa porte.

— Je ne sais pas si Robinson fumait, petit, répondit M. Pinson, qui ne put s'empêcher de rire; mais son île, j'en suis sûr, ne renfermait ni rhinocéros, ni éléphants, car ces animaux sont originaires de l'Afrique ou de l'Asie.

— Il n'y en a pas en Amérique ?

— Non, pas plus qu'en Europe. En revanche, l'Amérique a le bison, le caïman, le couguar, le jaguar, le boa, de nombreuses familles de chats-tigres, d'ours, d'édentés, de singes.

— Vous allez voir tout cela, vous, dit Vif-Argent à Boisjoli en le contemplant avec envie.

— Tu te trompes, petit, je vais aux États-Unis, c'est-à-dire sur une terre dont les produits sont à peu près les mêmes que ceux de l'Europe.

— Alors, dans quelle partie de l'Amérique vivent donc les bêtes féroces? où les trouve-t-on ?

— Au Mexique, au Brésil, à la Guyane, dans les déserts des anciennes colonies espagnoles.

— Si jamais je deviens assez riche pour payer

mon passage à bord d'un steamer, dit Vif-Argent, j'irai aux Indes, en Afrique, en Amérique, bien loin.

— Tu aimes les voyages?

— Oui; je voudrais voir les pays où vivent les singes, les perroquets, les boas, d'où l'on rapporte les cocos, les ananas et les diamants. J'aide parfois au déchargement des navires qui arrivent de ces pays, et j'écoute causer les matelots. Ils disent que là-bas les cheminées sont inconnues, que les arbres ont toujours des fleurs, que le soleil ne se couche pas. Ils racontent de si belles choses, monsieur, que, si vous les entendiez, cela vous donnerait aussi envie de partir.

— Non pas, répondit avec énergie M. Pinson, j'aime l'Europe, la France, et, en dépit de sa boue, je trouve Paris un séjour très supportable. Quand l'idée de voir un tigre me vient, — et elle ne me vient pas souvent, — je vais au Jardin des Plantes, et me voilà satisfait. »

La chambre des singes captiva si bien Vif-Argent qu'il fallut la nuit et la fermeture du jardin pour le décider à partir. Grâce à la bonté des deux ingénieurs, qui admiraient de plus en plus la vivacité,

la franchise et les bonnes qualités du petit guide
que le hasard leur avait donné, l'enfant put les
accabler de questions sur les pays où vivaient les
animaux qu'il avait vus, sur les mœurs de ces bêtes
amenées de si loin. Durant le dîner, il ne fut point
question d'autre chose, et Vif-Argent apprit des
détails si curieux que son envie de visiter les pays
chauds en devint plus intense. Mais, à mesure que
l'heure avançait, les ingénieurs devenaient moins
communicatifs, plus silencieux.

C'était le surlendemain que Boisjoli devait
s'embarquer; les deux amis ne pouvaient l'oublier, et, malgré eux, ils songeaient au vide que
leur séparation allait laisser dans leur cœur.

La compagnie de Vif-Argent avait été si utile
aux voyageurs, elle avait si bien suppléé à leur
ignorance de la langue anglaise, que l'idée vint à
M. Pinson d'emmener l'enfant jusqu'à Liverpool.
Boisjoli parti, M. Pinson ramènerait le petit garçon
à Londres; puis il irait s'entendre avec Mme Pitch
afin d'aviser au moyen de rendre l'enfant à sa
famille, de l'arracher à la vie à demi vagabonde
qu'il menait. C'était miracle qu'abandonné à lui-
même depuis trois ans, dans une ville comme

Londres, Vif-Argent fût resté honnête et laborieux. Le besoin, les mauvais exemples pouvaient à la longue fausser et corrompre son jeune esprit. M. Pinson, encouragé par son ami, avait résolu de soustraire le pauvre orphelin à la misère et à la corruption qui l'attendaient.

Vif-Argent devint pâle de plaisir lorsqu'il reçut l'ordre de prévenir la mère Pitch de son départ pour Liverpool. Il allait donc enfin sortir de Londres, voir autre chose que des toits et des rues.

« Est-ce que vous m'emmènerez aussi en France? demanda-t-il avec émotion à M. Pinson.

— Peut-être, répondit celui-ci.

— Emmenez-moi, monsieur, reprit l'enfant d'une voix suppliante; je me souviens encore si bien de Paris, qu'il me semble que je reconnaîtrais les rues par lesquelles je passais avec mon père, la maison que j'ai habitée, la chambre où je dormais. Il y a du soleil à Paris, puis c'est mon pays, et je crois que j'y serai plus heureux qu'ici. »

M. Pinson caressa la joue de l'enfant et répondit :

« Nous verrons dans trois jours. »

Le lendemain matin, les trois voyageurs par-

taient pour Liverpool, capitale industrielle du
comté de Lancaster. Ils avaient à franchir une distance de 280 kilomètres, et, voyageant de jour, les
deux ingénieurs purent cette fois examiner la voie,
ses viaducs, ses stations, ses travaux d'art, et la
juger sainement. Ils mirent sept heures pour
franchir 70 lieues, c'était une bonne vitesse. Arrivés à dix heures, les deux amis se hâtèrent de
visiter le grand tunnel de 1,800 mètres qui passe
sous une partie de la ville, puis ils voulurent
voir le chemin de fer de Manchester, l'un des
premiers construits en Europe, puisqu'il date
de 1826.

Liverpool, belle et grande ville de 400,000 âmes,
n'était au xiii° siècle qu'un hameau de pêcheurs.
En 1700, elle ne comptait encore que 5,000 habitants. Brûlée en 1842, elle s'est relevée de ses
ruines plus vivante, plus moderne, plus industrieuse
que jamais.

Liverpool approvisionne sa voisine Manchester
des matières premières que celle-ci façonne, princi-
palement de coton. Liverpool dispute à Manchester
le titre de seconde ville d'Angleterre ; elle est
savante, et ses musées d'antiquités égyptiennes,

son Jardin botanique et sa bibliothèque sont
renommés.

Le grand port de Liverpool, aux rues régulières,
est bâti sur la rive droite de la Mersey, rivière
formée par la réunion de l'Etheron et du Goyt,
dans le comté de Chester. La Mersey, après un
cours de 100 kilomètres seulement, se jette dans la
mer d'Irlande, à 4 kilomètres au-dessous de
Liverpool.

En somme, bien qu'ils eussent été sans cesse
en mouvement, car ils avaient voulu voir le plus
possible des curiosités de la grande ville anglaise,
M. Pinson et son ami s'assirent à table d'un air
assez morne. Ils étaient allés sur le port jeter un
coup d'œil sur le steamer *Canada*, qui, paisiblement
ancré, achevait d'emplir ses soutes de charbon.
Vif-Argent, de son côté, paraissait préoccupé. On
alla se coucher de bonne heure, et, en dépit de la
fatigue du voyage, des allées et venues de l'après-
midi, aucun des trois voyageurs ne dormit d'un
bon sommeil.

Les deux amis n'ouvrirent les yeux que vers neuf
heures du matin. Il faisait à peine jour, un épais
brouillard enveloppait la ville, une pluie fine tom-

bait. Le temps était de nature à n'égayer personne, et l'on déjeuna silencieusement.

Les bagages de Boisjoli furent alors placés sur une petite voiture à bras, et l'on se dirigea vers le port. Il fallut louer un canot pour se rendre à bord du *Canada*. Boisjoli, aussitôt sur le pont, se mit en quête du comptable, qui, par un hasard que l'ingénieur considéra comme un bonheur, parlait assez correctement le français. Le comptable établit l'ingénieur dans la cabine à laquelle il avait droit, cabine qu'il devait occuper seul, vu le nombre restreint des passagers. Les deux amis, se jetant alors dans les bras l'un de l'autre, se tinrent long-temps pressés sans pouvoir échanger une parole; des larmes coulaient de leurs yeux, et ils expliquè-rent au comptable qu'ils se séparaient pour la première fois depuis trente-deux ans.

« Nous allons descendre le fleuve à petite vapeur jusqu'à la mer, dit l'officier à M. Pinson; vous pouvez nous accompagner jusque-là et revenir avec le pilote. De cette façon, vous passerez une heure de plus avec votre ami. »

Boisjoli insista si bien pour que M. Pinson profitât de ce conseil, que celui-ci céda et se mit à la recherche de Vif-Argent, qu'il trouva en contemplation devant la machine.

« Retourne à terre, petit, et va m'attendre à l'hôtel ou sur le port.

— Partez-vous aussi pour l'Amérique? s'écria l'enfant.

— Non pas, répliqua M. Pinson; comme tu y vas! Je m'arrêterai à l'embouchure du fleuve, et le pilote me ramènera. Je serai de retour dans deux heures. »

Vif-Argent alla saluer Boisjoli, qui l'embrassa; puis, avec lenteur, comme à regret, le petit garçon se dirigea du côté de l'escalier et disparut bientôt.

M. Pinson voulut visiter dans toutes ses parties le navire qui, durant douze jours environ, allait servir de prison flottante à son ami. Soudain les roues du steamer battirent l'eau, et le *Canada*, guidé par le pilote placé près du timonier, commença la première étape de son voyage. La pluie tombait toujours, fine, serrée, froide; le vent soufflait assez fort, et de petites lames imprimaient au steamer un balancement de mauvais augure.

« Je ne vais guère tarder, dit Boisjoli avec une grimace, à ressentir les inconvénients du mal de

5.

mer. J'agirai, je crois, avec sagesse en me hâ-
tant de disposer mes effets dans ma cabine.

— J'ai déjà placé une douzaine d'oranges et
deux bouteilles de sirop de groseilles près de ton
chevet, dit M. Pinson.

— J'ai vu ton attention, et je t'en remercie, mon
ami. »

M. Pinson et Boisjoli se rendirent au salon, et
procédèrent à l'aménagement des bagages de ce
dernier, de façon à mettre le plus possible à sa
portée les objets dont il pourrait avoir besoin. Une
fois, le navire suspendit sa marche ; M. Pinson
s'élança sur le pont, croyant l'heure de partir
arrivée. Il s'agissait d'une simple manœuvre pour
laisser passer un remorqueur ramenant un cha-
pelet de bateaux charbonniers. Enfin, tout étant
bien en place, les deux amis se perdirent en recom-
mandations mutuelles, en promesses de s'écrire
régulièrement. Ils parlèrent du passé et surtout de
l'avenir. Ils gagnèrent la buvette, afin de trinquer
ensemble une dernière fois. Le mouvement du
roulis s'accentuait à chaque instant davantage, et
Boisjoli, déjà pâle, sentait des sueurs froides
mouiller son front. On remonta sur le pont,

M. Pinson ne vit plus autour de lui que la mer; Liverpool, les rives semblaient avoir disparu. Jetant les yeux sur le gouvernail, l'ingénieur se précipita vers le timonier.

« Le pilote, où est le pilote ? cria-t-il.

— *Pilot?* répéta le marin, qui comprit ce mot, identique en français et en anglais. *He is gone, sir.* »

Et le matelot montra l'horizon en arrière.

« Que dit-il? demanda M. Pinson en regardant autour de lui.

— Il dit que le pilote est parti, répondit en français un passager canadien.

— Parti! répéta M. Pinson avec stupeur; quelle est cette plaisanterie? Le steamer ne s'est pas arrêté, j'en suis sûr.

— Le pilote s'est laissé glisser dans son canot, qui marchait à la remorque du *Canada,* il y a de cela une demi-heure.

— Arrêtez! s'écria l'ingénieur, qui se précipita sur le matelot chargé de manœuvrer le gouvernail. Retournez en arrière, mon ami, je ne vais pas en Amérique, moi! »

Le timonier repoussa M. Pinson assez brutalement, ne comprenant rien à son agression.

« Arrêtez! arrêtez ! répétait l'ingénieur sur tous
les tons. Où est le capitaine? le lieutenant? Arrêtez ! »

Les passagers accoururent intrigués. Boisjoli,
en proie au mal de mer, regardait son ami d'un
air ahuri.

« Parle donc, toi! s'écria l'ingénieur en s'a-
dressant à lui, tu sais des phrases d'anglais, tu
peux t'expliquer.

— *Give me*, bégaya le malheureux Boisjoli,
*some bread, some turtle soup, some plum-pudding,
some...* »

Puis il dut se précipiter vers le bord.

« Le capitaine, où est le capitaine? » répétait
M. Pinson.

Et sans se préoccuper du roulis, vacillant de
droite à gauche, de gauche à droite et d'avant en
arrière, l'ingénieur s'élança vers le commandant,
qu'il venait d'apercevoir.

CHAPITRE VII

EN MER

« Capitaine! s'écria M. Pinson suffoqué, faites vite arrêter le steamer.

— Plus tard, plus tard, répliqua en anglais l'officier, qui ne comprenait pas ce qu'on lui disait et, tout occupé d'une dernière manœuvre, crut qu'il s'agissait d'une simple réclamation.

— Arrêtez! répéta M. Pinson avec véhémence, je ne vais pas en Amérique, je vais à Paris, aux Batignolles. Arrêtez! »

Les cris de l'ingénieur et particulièrement ses gestes attirèrent près de lui les passagers. Le Canadien qui l'avait avisé du départ du pilote expliqua au capitaine, très intrigué, ce dont il s'agissait.

« Fâcheuse aventure, dit l'officier; je regrette ce qui arrive à ce gentleman; par malheur, je n'y puis rien.

— Comment! s'écria M. Pinson à qui cette réponse fut traduite, cet homme aurait-il la prétention de m'emmener en Amérique malgré moi? Nous sommes à quelques kilomètres du port et... Veuillez dire à ce capitaine, monsieur, que je suis Français, ingénieur, que... »

Le capitaine avait en ce moment trop de besogne sur les bras pour s'occuper de l'infortuné M. Pinson. Il le laissa entouré de passagers dont pas un ne le comprenait, et auxquels il racontait néanmoins sa singulière situation, les suppliant de lui prêter assistance afin qu'on le conduisît à terre.

« C'est toi, malheureux, dit soudain l'ingénieur à son ami, c'est toi qui m'as amené, puis retenu sur cette galère.

— Tu as tort de te plaindre, répondit machinalement le pauvre Boisjoli ; tu n'as pas le mal de mer, Pinson, et tu es bien heureux. Moi, pour être débarrassé de l'affreux malaise qui me tourmente, j'accepterais volontiers d'exécuter le tour du monde.

— Bien heureux ! répliqua M. Pinson avec amertume, bien heureux de faire un voyage au long cours, de me rendre en Amérique où je ne tiens nullement à aller, de ne pouvoir rentrer chez moi où l'on m'attend? Te moques-tu de moi par hasard? Tu m'as tendu un piège, Boisjoli, la chose est palpable, tu m'as tendu un piège dans lequel je me suis englué comme un étourneau.

— Oh! mon ami!

— Qu'avais-tu besoin de me retenir alors que je voulais regagner la terre? continua M. Pinson. Parle, réponds, explique-toi, justifie-toi. Que va devenir mon sac de nuit, laissé en gage à l'hôtel? Que va faire Vif-Argent, abandonné sur le port? Que pensera Viollet-le-Duc en ne me voyant pas paraître à l'heure que lui indiquait ma lettre d'excuses? Et Marguerite, comment payera-t-elle le propriétaire lorsqu'il réclamera son terme? Qui, enfin, touchera les coupons de mes rentes, qui vont échoir? C'est à devenir fou! »

La colère de M. Pinson, ordinairement si maître de lui, semblait aller croissant. C'est que chaque tour des roues du steamer rendait son retour à terre moins probable, et qu'il le comprenait. Soudain il s'avança vers la dunette ; le comptable venait d'apparaître.

« Vous ! vous ici ? s'écria l'officier avec stupéfaction.

— Oui, monsieur, moi, qui, par vos conseils...
Mais vous connaissez ma position, vous savez que
je ne suis pas un passager, vous me comprenez
quand je vous parle. Je vous en prie, expliquez
vite au capitaine ce qui m'arrive, afin qu'il me
fasse conduire à terre.

— Hélas ! monsieur, cela lui est défendu.

— Défendu ! s'écria M. Pinson. Suis-je sous la
surveillance de la police ? suis-je banni ? suis-je ?...
Défendu ! par qui, par quoi ?

— Par les règlements maritimes : un navire,
une fois sorti d'un port, ne peut y rentrer qu'en cas
d'avaries compromettant la sûreté de son équipage.

— Est-ce une plaisanterie ?

— Pas le moins du monde. Si le capitaine ramenait le *Canada* vers Liverpool, outre les frais
considérables qu'il occasionnerait aux armateurs,
il passerait devant un jury et perdrait son commandement.

— Mais il y a cas de force majeure ; nul n'a le
droit de faire voyager quelqu'un malgré lui.

— Remarquez, monsieur, que le capitaine est
innocent de votre aventure.

— Voilà, s'écria M. Pinson atterré, le plus monstrueux attentat dont jamais honnête citoyen ait été victime. Les règlements dont vous parlez, monsieur, devraient être inscrits en grosses lettres à bord des navires.

— On dit dans votre pays, dit le comptable, que nul n'est censé ignorer la loi. Vous seriez à bord d'un steamer français, monsieur, que les choses ne se passeraient pas autrement. »

M. Pinson s'assit sur un banc et se cacha le visage entre ses mains; il regrettait de ne posséder ni poudre ni fulmicoton pour causer au *Canada* une avarie qui l'obligeât à retourner en arrière. La pluie continuait à tomber, les passagers gagnèrent un à un le salon, et Boisjoli, de plus en plus malade, vint néanmoins s'établir près de son ami.

« Pinson? lui dit-il d'une voix dolente.

— Comment! s'écria l'ingénieur qui se retourna, tu oses encore m'adresser la parole, me coudoyer?

— En quoi suis-je coupable, Pinson?

— La demande me paraît sublime. Je voulais t'accompagner à Calais, c'était là un voyage que

ma situation me permettait d'entreprendre. De
fil en aiguille tu m'as entraîné à Londres pour
m'y perdre ; à Liverpool pour... Non, c'est trop
fort !

— Tu connaîtras l'Amérique, Pinson, et dans
un mois tu seras de retour à Paris.

— Et qu'ai-je besoin de connaître l'Amérique,
monsieur ? Je vous somme de me l'expliquer. Grâce
à vous, me voilà sans bas, sans mouchoirs, sans
chemises de rechange, me promenant en pleine
mer entre le ciel et l'eau, à je ne sais combien de
kilomètres de ma maison. »

Boisjoli ne répondit pas. Livide, les yeux fermés, car la vue du pont mouvant et des vagues
redoublait son mal, il recevait la pluie avec stoï-
cisme, et pourtant il grelottait. M. Pinson s'en
aperçut.

« Pourquoi ne vas-tu pas dans le salon, dans ta
cabine ? lui dit-il soudain avec douceur.

— Je comprends tes ennuis, Pinson, et je ne
veux pas te laisser seul. »

M. Pinson se leva, prit son ami par le bras,
et, peu à peu, le conduisit vers son lit, sur
lequel il le força de s'étendre. Il s'occupa en-

suite de lui confectionner un verre de limonade, s'assit à son chevet, mais écouta sans répondre les consolations que de temps à autre risquait Boisjoli.

« Monsieur? » dit soudain la voix du comptable qui, en même temps, frappait à la porte.

M. Pinson se redressa d'un bond et s'élança dehors.

« Le capitaine s'est-il ravisé? demanda-t-il aussitôt.

— Encore une fois, répondit le comptable, c'est bien à son corps défendant qu'il vous emmène; mais tranquillisez-vous, avant vingt-quatre heures vous serez à terre.

— On a découvert une avarie?

— Non pas; seulement nous devons toucher à Queenstown afin de prendre les dernières dépêches du continent; si le temps le permet, vous pourrez sauter à bord du bateau chargé de nous remettre ces dépêches. »

M. Pinson, dans la joie que lui causa cette nouvelle, embrassa le comptable stupéfait, l'embrassade n'étant point d'usage en Angleterre.

« Enfin, murmura l'ingénieur, Queenstown est

en Irlande; mais cela vaut encore mieux que
l'Amérique. Quel démenti j'aurais infligé à celui
qui m'eût dit, il y a huit jours, que je visiterais
la patrie du grand O'Connell!

— Je crois inutile, reprit le comptable, de vous
recommander d'être prêt.

— Soyez tranquille, s'écria M. Pinson, je ne
suis pas homme à me laisser prendre deux fois
dans la même souricière; montrez-moi seulement,
je vous en prie, le côté du navire par lequel on
embarque les dépêches, je ne veux pas m'en éloigner de plus d'un mètre. »

Soulagé du poids énorme qui l'oppressait,
M. Pinson recouvra subitement une partie de sa
bonne humeur habituelle. Il consola Boisjoli, et,
l'heure du dîner venue, il prit joyeusement place à
la table que présidait le capitaine, table à laquelle
manquait plus d'un pauvre passager. Grâce au
Canadien qui servait d'interprète, on rit beaucoup
de l'aventure de l'ingénieur; celui-ci, rassuré,
donna lui-même l'exemple de la plaisanterie. Aussitôt après le dîner, en dépit des assurances du
comptable et du capitaine qui lui promettaient
de veiller eux-mêmes à son embarquement,

M. Pinson alla s'établir sur la dunette, près du timonier.

Le vent soufflait avec force, la nuit était sombre, il tombait de la neige fondue. Rien de plus triste que d'entendre la bise siffler dans les cordages, le bruit des roues battant les vagues et le perpétuel grincement du gouvernail. La mer se montrait méchante, selon l'expression des matelots de quart, qui, enveloppés de manteaux de caoutchouc, coiffés de chapeaux goudronnés, se promenaient pour combattre le froid. Parfois une lame prenait le navire par le travers et couvrait le pont d'écume. M. Pinson, insensible à ces incidents, cherchait du regard le phare qu'on lui avait annoncé, et refusait avec obstination d'abandonner le poste qu'il avait choisi.

« Nous sommes en pleine tempête de neige, lui dit le capitaine qui vint passer une inspection, je crains que nous ne puissions aborder à Queenstown. »

Par bonheur, M. Pinson ne comprit pas. Bientôt son cœur battit à lui rompre la poitrine, une lumière venait d'apparaître.

Il y eut un moment de va-et-vient à bord,

plusieurs manœuvres furent rapidement exécutées. La lumière aperçue n'annonçait pas la terre, mais l'approche d'un navire qui passa près du *Canada* et dont les formes se perdirent bientôt dans la nuit. Vers une heure du matin, le matelot en vigie cria :

« Queenstown! »

Un feu brillait en effet au loin, celui d'un phare.

M. Pinson courut à la cabine de Boisjoli et l'embrassa avec effusion. Le malade voulut se lever pour présider à l'embarquement de son ami ; mais la tête lui tournait de telle façon qu'il dut renoncer à son projet. Du salon, M. Pinson revint par deux fois lui serrer la main, puis il s'élança sur le pont. A l'arrière, près de l'embarcation désignée sous le nom de canot du capitaine, se tenaient quatre matelots. Le contremaître, du haut de la dunette, transmettait des ordres à un mousse qui les répétait aux mécaniciens. On s'entendait à peine, tant les vagues embarquaient fréquemment. La lumière du phare passa de droite à gauche, puis de gauche à droite, et cela à trois reprises différentes, en moins d'une heure. Le steamer louvoyait, selon l'expression des matelots. M. Pinson, prêt à sauter dans le canot qu'il surveillait, ne comprenait rien à cette manœuvre. Il voyait le capitaine aller, venir, consulter la boussole, sa montre, le baromètre, grommeler, se promener, interpeller parfois son lieutenant. Soudain il multiplia les ordres; les matelots placés près du canot l'amarrèrent solidement, et la lumière du phare qui brillait à bâbord se montra à l'arrière du bâtiment.

« Que se passe-t-il? » demandait en vain M. Pinson à chaque matelot.

On lui répondait, mais sans qu'il pût comprendre un mot de ce qu'on lui disait. Il retourna vers le salon; le comptable causait avec le capitaine.

« Eh bien, monsieur, lui dit l'officier, qui secoua la tête, vous jouez décidément de malheur.

— Pourquoi? demanda M. Pinson.

— La mer est si forte que, ne pouvant aborder, et après avoir perdu près de trois heures, le capitaine vient d'ordonner de reprendre la pleine mer; nous sommes définitivement en route pour New-York. »

M. Pinson devint tout pâle et demeura long-

temps immobile à la place où le comptable le
laissa. Enfin, épuisé de fatigue, d'émotion, il se
dirigea vers la cabine de son ami qui dormait
paisiblement. M. Pinson allait le réveiller.

« Bah! dit-il, mes reproches ne changeront rien
à la situation; qu'il dorme, mais quelle aventure,
bon Dieu! »

Il se jeta sur le lit placé au-dessous de celui de
son ami. Peu à peu, bercé par le mouvement du
steamer, il ferma les yeux et s'endormit à son
tour.

Il faisait grand jour quand Boisjoli se réveilla; il
se sentait beaucoup mieux et put regarder autour
de lui sans être incommodé.

« Encore vingt-quatre heures, pensa-t-il, et je
serai complètement guéri. L'affreux mal que le
mal de mer! il anéantit la volonté et vous change
en misérable machine. Neuf heures! Pinson doit
être en route pour Dublin. Brave Pinson, je ne
l'avais jamais vu si exaspéré. Après tout, ce petit
voyage lui aura fait du bien; mais il l'a échappé
belle. »

En ce moment, Boisjoli crut entendre respirer
au-dessous de lui; sachant qu'il n'avait point de

compagnon de cabine, il se pencha hors de son lit et demeura bouche béante.

« Toi! s'écria-t-il en apercevant son ami, toi!

— Moi! répondit l'ingénieur.

— Mais tu m'as dit adieu cette nuit, tu allais débarquer à Queenstown.

— L'homme propose et Dieu dispose, répondit M. Pinson.

— Le *Canada* a-t-il changé de route?

— Le *Canada*, grâce au mauvais temps, n'a pas pu prendre les dépêches du continent, je les remplace.

— Eh bien, tant mieux! s'écria Boisjoli.

— Je ne trouve pas, moi, répliqua M. Pinson. Voilà donc à quoi sert l'amitié! continua-t-il avec amertume; il m'arrive l'aventure la plus effroyable que l'on puisse imaginer, et mon meilleur ami, celui qui est cause de tout, insulte à mon malheur et dit : Tant mieux !

— Dieu m'est témoin, Pinson, que je te reconduirais au port, et à la nage, si je le pouvais; ne le pouvant pas, c'est mon affection qui m'a arraché l'égoïste exclamation qui paraît t'avoir blessé. »

Les deux amis procédèrent à leur toilette en

6

silence ; Boisjoli se sentait presque guéri. Au fond,
il ne déplorait qu'à demi la mésaventure de son
compagnon, mésaventure qui, après tout, n'avait
d'autre conséquence fâcheuse que de lui faire entreprendre un voyage utile. Néanmoins l'ingénieur
dissimula de son mieux le plaisir qu'il ressentait.
Quant à M. Pinson, son esprit n'avait point encore
repris son équilibre, et son humeur demeurait
sombre.

Les deux ingénieurs sortirent ensemble de la
cabine et se dirigèrent vers le pont.

« Parbleu ! dit le comptable à M. Pinson qui
montait le premier, j'allais vous appeler, monsieur.

— Queenstown est-il en vue ? demanda l'ingénieur avec vivacité.

— Il s'agit bien de Queenstown ! votre fils est à
bord.

— Mon fils ! s'écria M. Pinson ; quelle est cette
nouvelle plaisanterie ? »

Il n'acheva pas, et poussa un cri de surprise
en apercevant Vif-Argent tenu par deux matelots.
L'enfant pleurait en face du capitaine qui l'interrogeait.

CHAPITRE VIII

RAYON D'ESPOIR

Si M. Pinson regardait avec un muet étonnement le petit Vif-Argent, celui-ci, de son côté, ouvrait des yeux d'une grandeur démesurée à la vue de l'ingénieur.

« Vous, monsieur, s'écria-t-il, comme le comptable l'avait fait, vous ici !

— Et toi, malheureux, répliqua M. Pinson, comment es-tu là ? d'où viens-tu ? d'où sors-tu ?

— C'est sa faute, monsieur, dit Vif-Argent, qui prit alors un ton piteux ; sans lui je serais encore à terre.

— La faute à qui ? parle.

— A Robinson ; si c'était à recommencer, je vous obéirais et j'irais vous attendre sur le port ; mais je vous en prie, ne me laissez pas battre.

— Qui veut te battre ?

— Le capitaine; il vient de me menacer du fouet aux lanières plombées.

— Lâchez ce garçon, et à l'ouvrage, dit en ce moment le capitaine aux matelots qui avaient découvert Vif-Argent; après tout, ce gentleman répondra pour lui. Sur mon honneur, grommela-t-il, voilà vingt ans que je navigue, et je n'avais pas l'idée de pareilles aventures.

— Voyons, dit alors M. Pinson à Vif-Argent, nous expliqueras-tu enfin ta présence ici?

— Depuis notre visite au Jardin Zoologique, monsieur, mon désir de voir le pays des singes et des tigres est devenu si fort, que je songeais, aussitôt de retour à Londres, à m'embarquer comme mousse sur un des navires qui vont aux Indes. Mais l'Amérique me tentait davantage, car M. Boisjoli répète sans cesse que l'on peut y gagner beaucoup d'argent. L'occasion d'aller dans ce pays m'a paru si belle tandis que j'étais à bord du *Canada*, que je me suis décidé tout de suite.

— Encore une fois, d'où sors-tu?

— De la cale, des chambres où l'on garde la provision d'eau. Quand vous m'avez ordonné d'aller vous attendre à terre, cela m'a un peu dépité, car je pensais que le bateau du pilote pourrait me ramener aussi bien que vous, et qu'au moins j'aurais vu la grande mer. Je suis parti tout doucement, je voulais vous obéir. Sur ma route, la porte qui conduit au fond du navire s'est trouvée ouverte, j'ai descendu au lieu de monter, et je me suis caché derrière un baril, songeant qu'une fois le bateau en pleine mer, on serait bien forcé de m'emmener jusqu'à New-York. Je comptais, pour me faire pardonner, sur M. Boisjoli que je voulais implorer en votre nom, car je sais qu'il vous aime bien.

— Et tu es resté depuis lors dans ta cachette?

— Je n'osais plus sortir. Tout à l'heure on a ouvert la porte, on m'a découvert; mais je veux retourner avec vous à Liverpool, monsieur, je ne veux plus partir.

— Retourner avec moi à Liverpool! s'écria M. Pinson; plût à Dieu, petit drôle, que la chose fût possible! Ne vois-tu pas, malheureux, que nous sommes en pleine mer, et que le *Canada* file à raison de six kilomètres par heure? Ne sais-tu pas que, par-dessus le marché, les règlements maritimes s'opposent à notre débar-

6.

quement, et que, bon gré, mal gré, on nous
emmène en Amérique?

— Quoi ! s'écria Vif-Argent, vous aussi, vous
vous êtes caché comme moi?

— Caché comme toi ! s'écria M. Pinson indigné. Non, Robinson n'est pour rien dans ma présence à bord de ce steamer; Robinson...

— Il me semble, dit Boisjoli en interrompant
son ami, que Vif-Argent doit mourir de faim. Il
est pâle, il grelotte ; occupons-nous de lui, mon
ami.

— Le plaindrais-tu ? s'écria M. Pinson.

— Je le plains, dit l'ingénieur. Le pauvre enfant
disait tout à l'heure qu'une fois découvert, il comptait m'implorer en ton nom ; cette bonne pensée
m'a touché, il est désormais sous ma protection. »

M. Pinson regarda son ami, puis Vif-Argent,
qui avait des larmes plein les yeux.

« Voyons, ne pleure plus, lui dit l'ingénieur
d'un ton radouci.

— Je pense à la mère Pitch, répondit l'enfant,
qui va m'attendre et que je ne reverrai peut-être
plus. Elle a besoin de moi à cette heure, car elle
souffre de ses rhumatismes et ne peut pas travail-

ler. J'ai eu tort de me cacher, je le sens, et je voudrais retourner à Londres. »

Il se couvrit le visage de ses mains et sanglota. Les deux amis, tout émus, ne songèrent plus à le gronder.

« Il doit avoir faim, répéta Boisjoli ; si l'odeur du goudron qui règne dans le salon ne m'incommodait encore, j'irais lui chercher des vivres. Voyons, Pinson, tu as l'aplomb d'un vieux marin, toi ; donne à manger à ce petit, je t'en prie. »

M. Pinson conduisit l'enfant dans le salon, obtint du garçon de service un pain, du jambon, du bordeaux, et Vif-Argent mangea bientôt comme un affamé qu'il était. Le pauvre petit avait non seulement souffert de la faim, mais encore du froid et du manque de sommeil, car la crainte des suites de son escapade l'avait tenu éveillé. Une fois qu'il le vit rassasié, M. Pinson le conduisit dans sa cabine, le coucha dans son propre lit et le couvrit d'une double couverture.

En arrivant sur le pont, les regards de l'ingénieur sondèrent l'horizon ; la mer, en tous sens, se confondait avec le ciel. Songeant à sa sin-

gulière situation et à celle de Vif-Argent, M. Pinson ne put s'empêcher de murmurer :

« Prodigieux ! »

Grâce au Canadien qui se trouvait à bord, les
passagers du steamer connurent bientôt dans son
entier l'histoire de Vif-Argent. On parla d'une col-
lecte en faveur de l'orphelin ; mais M. Pinson et
son ami déclarèrent qu'ils se chargeraient du petit
voyageur, et chacun vint leur serrer les mains avec
cordialité.

Le soir venu, au moment de s'asseoir à table,
le Canadien remit à Vif-Argent, levé depuis une
heure, une somme de deux cents francs en or.
Comme l'enfant le regardait d'un air interroga-
teur :

« Ce sont les passagers qui te font ce cadeau,
petit ; tu as deux bons protecteurs, mais nous voulons les aider un peu. »

Le lendemain, le ciel, couvert de sombres nuages
depuis le départ, se montra enfin radieux. L'air
était vif, piquant ; la mer, unie comme une glace,
resplendissait sous les rayons du soleil. Ce beau
temps égaya les passagers du *Canada*, y compris M. Pinson. L'ingénieur, de temps à autre,

maugréait bien contre son ami; cependant il prenait peu à peu son parti de sa mésaventure. Il n'en riait pas encore, la blessure était trop récente ; mais, si quelqu'un faisait allusion à son voyage forcé, il répondait avec bonne humeur.

Vif-Argent, avec l'heureuse insouciance de son âge, semblait déjà consolé. Il errait d'une extrémité du steamer à l'autre, avide de voir et de savoir. Grâce à sa connaissance de la langue anglaise, il pouvait converser avec les matelots, les officiers et les passagers. Il était d'un grand secours aux deux amis, qui, sans lui, se seraient trouvés tout à fait isolés. Il leur donna des leçons d'anglais et les accabla surtout de questions.

« Pourquoi notre steamer se nomme-t-il *Canada* ? demanda-t-il à M. Pinson. Ce mot n'est ni français ni anglais.

— *Canada*, dit M. Pinson, est le nom d'un vaste pays qui, découvert en 1497 par le Vénitien Jean Cabot, fut exploré pour la première fois par le Français Denis, en 1523. Les Espagnols, en quête de mines d'or, arrivèrent ensuite. N'ayant point trouvé ce qu'ils cherchaient, ils se retirèrent en disant : *acà, nada,* (ici, rien). Cette phrase,

répétée par les indigènes, fut prise plus tard pour
le nom de la contrée.

— On prétend aussi, dit Boisjoli, que Canada
est un mot iroquois qui signifie amas de huttes.

— C'est vrai, reprit M. Pinson, mais l'étymolo-
gie espagnole est la plus répandue.

— Le Canada se trouve donc près de l'Amérique ? demanda Vif-Argent.

— Il en fait partie, petit, comme la France et
l'Angleterre font partie de l'Europe. L'Amérique
septentrionale, vers laquelle nous nous dirigeons,
est un vaste continent divisé en six régions principales : l'Amérique russe, récemment cédée aux
États-Unis, et qui porte le nom d'Alaska ; l'Amérique anglaise, qui comprend le Labrador, le Canada, la Nouvelle-Écosse ; l'Amérique danoise ou
Groënland ; les États-Unis, auxquels les Français
donnent le nom d'Amérique, prenant ainsi la partie
pour le tout, à la grande indignation des autres
peuples de ce nouveau continent.

— Et le Mexique, où se trouve-t-il ?

— Le Mexique et le Guatémala complètent
les six grandes divisions de l'Amérique septentrionale.

— Merci, monsieur, dit Vif-Argent, je me souviendrai de tout cela. »

Quatre jours après le départ de Liverpool, il y eut grand émoi à bord du *Canada*. La vie forcément oisive des passagers d'un paquebot fait pour eux un sérieux événement du plus mince incident. Or, dans l'après-midi, la surface de la mer apparut soudain tout argentée. Le *Canada*, continuant sa route, fendit bientôt les rangs pressés d'un banc de harengs, les broyant sous les palettes de ses roues. Vif-Argent, émerveillé, exécuta son fameux saut périlleux, à la grande admiration des matelots.

« D'où viennent tous ces poissons? où vont-ils? demanda l'enfant à M. Pinson.

— Ils viennent de l'Océan boréal, petit. De même que les hirondelles, les harengs émigrent chaque année. Des régions glacées de la mer polaire, ils arrivent, comme tu le vois, par convoi de centaines de mille. Les pêcheurs de France et d'Angleterre vont bientôt se partager la riche proie qui défile sous nos yeux, car, outre l'énorme consommation de harengs frais, salés, fumés, que font les différentes nations de l'Europe, plu-

sieurs d'entre elles se servent des corps de ce
poisson comme d'engrais. »

Le banc de harengs, large de plus d'un kilomètre, et dont la longueur s'étendait aussi loin
que la vue pouvait porter, fut bientôt laissé en arrière, car il se dirigeait vers les côtes dont le steamer s'éloignait. Une multitude d'oiseaux de mer
voltigeaient au-dessus des malheureux poissons
et n'avaient qu'à raser la surface de l'eau pour
les saisir. Parmi ces pêcheurs ailés, les goëlands,
oiseaux au vol si rapide et si puissant qu'ils peuvent franchir une distance de 3.000 kilomètres
sans se reposer, se montraient les plus avides.

Le soir, après le dîner, alors que M. Pinson
causait paisiblement avec son ami, le comptable
s'approcha de lui.

« Pardon si je vous interromps, dit l'officier ;
mais la régularité de mon service l'exige. Il est
bien entendu que vous conservez votre cabine et
celle que vous avez choisie pour votre petit compagnon ?

— Puisque nous sommes vos hôtes, répondit
M. Pinson, dont le front se rembrunit, ne faut-il
pas que nous couchions quelque part ?

— Sans aucun doute ; je vous prie seulement de vous souvenir que vous avez à me remettre deux mille francs.

— Deux mille francs ! s'écria M. Pinson, qui se leva du banc sur lequel il était assis ; moi, j'aurai à vous verser deux mille francs ! A quel titre, s'il vous plaît ?

— Comme payement de votre traversée.

— En voilà bien d'une autre ! Quoi ! vous m'emmenez malgré moi, malgré mes supplications, et, par-dessus le marché, il me faudrait payer !... Prodigieux, en vérité, prodigieux !

— Comptez-vous traverser l'Océan gratis ?

— Je ne comptais le traverser en aucune façon, monsieur, vous le savez bien. Quant à payer deux mille francs pour m'expatrier... non, c'est trop fort.

— En vous logeant dans les cabines de seconde classe, reprit l'officier, le voyage ne vous coûtera que seize cents francs ; il peut même ne vous en coûter que mille si vous consentez à vivre et à manger avec les matelots.

— Où voulez-vous, répondit avec accablement M. Pinson, que je prenne, alors que je suis en

7

pleine mer, les sommes fabuleuses que vous me
réclamez? Je suis parti de chez moi pour visiter
Londres, non pour aller en Amérique; si je possède un millier de francs dans mon portefeuille,
c'est bien le bout du monde.

— Remarquez, monsieur, que la compagnie
n'est pas responsable de l'accident qui vous a
retenu à bord. Vous mangez, vous buvez, vous
couchez à bord, et dans tous les pays cela se
paye.

— Et si je refuse de payer? s'il m'est impossible de le faire?

— A mon grand regret, je vous reléguerai à
l'entrepont, afin de diminuer les frais que votre
séjour à bord occasionne. Une fois à New-York,
la justice...

— Je payerai. dit Boisjoli. et ce sacrifice ne
me coûte guère, Pinson, puisqu'il me fait jouir
de ta société. »

M. Pinson n'écoutait plus. il arpentait le pont
d'un pas fébrile. Quoi! non seulement il perdait un
mois de son temps. courait les chances d'un naufrage, s'en allait en Amérique malgré lui, et on lui
réclamait deux mille francs, alors qu'il croyait

avoir droit à une indemnité ! L'ingénieur, exaspéré, ne voulut même pas entendre les observations de son ami ; il alla s'asseoir à l'avant du steamer et regarda longtemps, sans en avoir conscience, la proue du *Canada* s'ouvrir un passage dans l'onde écumeuse.

Le soleil atteignait l'horizon ; de petits nuages blancs flottaient dans l'air, des mouettes tournoyaient autour du grand mât, se disposant à regagner les roches sur lesquelles elles établissent leurs nids.

« Une voile ! » cria soudain le matelot en vigie.

M. Pinson se réveilla de sa torpeur. Juste en face de lui se montrait l'extrémité d'un mât.

« Demande vite, petit, dit-il à Vif-Argent, si nous devons passer près de ce navire.

— Oui, répondit le matelot interrogé, à moins qu'il ne change de route. »

M. Pinson, entraînant Vif-Argent, se dirigea vers la dunette, où le capitaine, sa longue-vue à la main, examinait l'horizon.

« Vite, petit, dit l'ingénieur impatient, demande au capitaine, dans les termes les plus aimables que tu pourras trouver, si, dans le cas **où** nous passerions près du navire qui vient là-bas, les règlements maritimes s'opposent à ce qu'il nous fasse changer de bord. »

Vif-Argent obéit, le capitaine secoua la tête, nettoya le verre de sa longue-vue, puis répondit enfin :

« Ce navire semble venir à nous ; s'il passe à bonne portée du *Canada*, si le commandant consent à vous prendre à son bord, je suis tout disposé à m'arrêter un instant pour vous transborder ; aucun règlement ne s'y oppose. »

Vif-Argent avait à peine traduit cette réponse à M. Pinson que celui-ci, saluant avec respect le capitaine, retournait s'établir à l'avant pour mieux surveiller le navire qui, dans son imagination, l'emportait déjà vers la rue Nollet.

CHAPITRE IX

LE FULTON

Après une heure de contemplation, M. Pinson plus triste, plus morne qu'il ne l'avait été depuis le départ, revint avec lenteur reprendre sa place sur la dunette. Le navire sur lequel il s'était cru embarqué suivait sans doute la même route que le *Canada*, car, au lieu de se rapprocher, il avait d'abord maintenu sa distance, puis peu à peu il avait disparu dans l'éloignement.

« Nous irons en Amérique, petit, dit l'ingénieur à Vif-Argent ; la chose est écrite, comme disent les Orientaux. »

Vif-Argent, qui, grâce à l'indulgence des deux amis, ne se repentait déjà plus qu'à demi de son escapade, baissa la tête et ne répondit pas un seul mot ; mais à peine M. Pinson l'eut-il dépassé, qu'il se plaça au bas de la dunette, afin d'exé-

cuter un magnifique saut périlleux, action dont il
ne pouvait se défendre dans ses moments de
grande satisfaction.

Boisjoli, voyant son ami revenir muet, absorbé,
mélancolique, et s'asseoir à l'écart sur un banc,
essaya de l'arracher à ses pensées en lui propo-
sant une partie de besigue.

« Merci, dit l'ingénieur, je n'ai point l'esprit
au jeu. »

Et jusqu'à l'instant du couvre-feu, qui sonne à
bord à dix heures, il s'obstina à parler de son
retour manqué comme de la plus pénible décep-
tion de sa vie. Le lendemain, aussitôt réveillé, il
courut inspecter l'horizon, se frotta les yeux et
appela Vif-Argent, qui accourut.

« Que vois-tu là-bas? lui demanda-t-il en étendant le bras vers le couchant.

— La même chose qu'hier au soir, monsieur,
l'extrémité d'un mât.

— Demande vite à la vigie ce que cela signifie.

— La vigie, répondit l'enfant après avoir obéi‘
prétend que ce mât appartient au steamer que
nous avons aperçu hier, et que cette fois il vient à
notre rencontre. »

Si M. Pinson eût su exécuter le saut périlleux,
nul doute qu'il ne l'eût exécuté à cette nouvelle.

« Bravo! s'écria-t-il en soulevant son chapeau
pour l'agiter d'une façon triomphale. Cours appeler Boisjoli, petit. Selon toute probabilité, nous
n'avons plus que peu de temps à demeurer près
de lui. »

Vif-Argent s'éloigna pas à pas, comme s'il
espérait, par sa propre lenteur, retarder la marche
du navire en vue.

« C'est dommage, répétait-il ; oui, c'est dommage. »

M. Pinson, aussitôt qu'il aperçut son ami, s'empressa de lui communiquer ses nouvelles espé-
rances.

« J'en suis heureux pour toi, Pinson, répondit
Boisjoli ; cependant je ne puis m'empêcher de
regretter un peu l'arrivée de ce bateau ; tu avais
pris ton parti de voir l'Amérique.

— C'est-à-dire, Boisjoli, que, ne pouvant faire
autrement, je me résignais.

— Cela nous permettait de vivre une semaine
de plus ensemble.

— C'est vrai ; mais nous devions toujours en

arriver à nous quitter, et je préfère m'en tenir à cet essai de voyage au long cours.

— Nous sommes presque à moitié route, Pinson. Encore six jours, et tu pourrais être en Amérique, voir New-York, le Niagara.

— Avec un raisonnement pareil, mon ami, je pourrais m'en aller au bout du monde. Dans six jours je puis être à New-York où je n'ai que faire, c'est vrai; mais dans cinq je puis être rue Nollet, et je vote pour la rue Nollet. »

La mer était calme; les deux steamers, marchant à la rencontre l'un de l'autre, ne devaient pas tarder plus de deux heures à se croiser. Tous les passagers du *Canada* se tenaient sur la dunette; M. Pinson, alerte, joyeux, satisfait, pressait une main par-ci, adressait un salut par là, faisait par avance ses adieux, car le capitaine venait de lui renouveler sa promesse de le mettre à bord du navire que l'ingénieur considérait comme envoyé par la Providence.

« Vous serez mon hôte jusqu'à New-York, monsieur, dit tout à coup le capitaine, qui, armé de sa longue-vue, n'avait cessé d'examiner l'horizon. Ce que je supposais devient une réalité, c'est un navire de guerre que nous allons croiser.

— Un navire de guerre! répéta M. Pinson; craignez-vous que la place manque à son bord?

— Les navires de guerre, dit Vif-Argent, qui traduisait les paroles du capitaine, ne prennent jamais de passagers; les règlements maritimes s'y opposent. »

M. Pinson bondit.

« Encore! s'écria-t-il. Qu'avons-nous à démêler, petit, avec ces règlements? Nous ne sommes pas matelots, que je sache; nous sommes citadins. Quoi! c'est par la faute de ces absurdes règlements que nous sommes ici, contre notre gré, et voilà qu'à cause d'eux encore on ne nous laisserait pas partir! C'est trop fort!

— Calme-toi, Pinson, dit Boisjoli.

— Tu en parles à ton aise, mon ami. Me calmer quand!... Tu as raison, procédons avec sang-froid, le cas est grave. Voyons, petit, prie le capitaine de tenter l'aventure; cela ne lui coûtera pas grand'chose. Le commandant de ce navire de guerre doit être un brave homme. Je lui parlerai; il sera touché de ton sort, du mien; tu te join-

dras à moi pour lui expliquer... Au fait, sait-on
à quelle nationalité appartient ce navire?

— Le capitaine, répondit Vif-Argent, vient de
déclarer que c'est une frégate de guerre américaine.

— Juste ce qu'il me fallait! s'écria M. Pinson; les Américains sont un grand peuple, un
peuple généreux, ami de la liberté; il nous suffira
de leur parler... Que dit donc notre capitaine,
petit?

— Il prétend, monsieur, que s'arrêter serait
perdre inutilement des heures précieuses, et il
vous conseille de patienter. »

M. Pinson, une fois de plus, regretta avec
amertume de ne pas savoir l'anglais. Il lui semblait que ses arguments, s'il eût pu les faire
valoir lui-même, auraient infailliblement touché
le capitaine, qu'il se serait décidé à parlementer.

« Si le steamer passe à bonne portée de ce
navire de guerre, se dit l'ingénieur avec résolution, je me jette à l'eau, je nage vers lui, et
il faudra bien qu'il mette un canot à la mer
pour me repêcher. »

Les deux navires pouvaient déjà s'observer

mutuellement, et il devint bientôt évident que la frégate américaine gouvernait de façon à se rapprocher du *Canada*. Selon les usages maritimes, il appartenait à celui-ci de saluer le premier, et le pavillon rouge d'Angleterre ne tarda pas à onduler au vent. La frégate, aussitôt, hissa le pavillon étoilé de la Confédération des États-Unis du Nord; puis se plaçant en travers, elle salua le *Canada* d'un coup de canon à poudre; c'était un ordre impératif de s'arrêter.

Le commandant du *Canada* maugréa, car les marins n'obéissent qu'à regret à un commandement donné par un supérieur étranger. Néanmoins il ordonna de suspendre la marche du bâtiment, et les deux steamers, n'avançant plus que par la force d'impulsion, se trouvèrent bientôt à quatre cents mètres environ l'un de l'autre. Un canot, monté par six hommes et gouverné par un jeune officier, se détacha des flancs du steamer américain et vint aborder le *Canada*. L'officier monta lestement à bord: c'était le lieutenant de la frégate.

« Le commodore Warren, monsieur. dit-il en saluant avec courtoisie le capitaine du *Canada*,

vous envoie ses compliments, et vous demande pardon des minutes qu'il vous fait perdre. Voici des
dépêches qu'il vous prie de remettre aux autorités de New-York aussitôt votre arrivée dans ce
dort.

— Assurez le commodore, monsieur, que sa
commission sera faite. Oserais-je vous demander
ce qu'il y a de nouveau dans votre pays?

— Rien de bon, capitaine; les rebelles triom-
phent, momentanément du moins. »

Les deux officiers, que M. Pinson ne perdait
pas de vue, causèrent durant plusieurs minutes
sur la dunette, le lieutenant ayant refusé de descendre au salon.

« Que disent-ils? demandait à chaque instant
l'ingénieur à Vif-Argent.

— Que la guerre est plus acharnée que jamais,
que l'on songe à rendre la liberté **aux** esclaves,
que le temps est beau...

— Quoi encore?

— Que les corsaires du Sud font beaucoup de
mal au commerce américain, et que la frégate qui
est là se rend en Europe pour leur donner la
chasse.

— Quoi encore, petit? Pourquoi le lieutenant rit-il si fort en me regardant?

— C'est que...

— Parle donc!

— C'est que le capitaine lui raconte votre aventure. »

En ce moment, les deux officiers échangeaient une poignée de mains, et le lieutenant se mettait en marche pour regagner son canot.

« Un mot, monsieur, lui dit soudain l'ingénieur en lui barrant le passage : parlez-vous français?

— Un peu, » répondit le lieutenant.

M. Pinson respira avec force; il allait donc pouvoir plaider sa cause lui-même.

« Vous connaissez ma déplorable aventure, monsieur, reprit-il, je sais que le capitaine du *Canada* vous l'a racontée. Elle est drôle pour tout le monde, cette aventure, excepté pour moi; vous le comprenez. Mais vous êtes pressé, je viens au fait. Vous vous rendez en Europe, en France peut-être; mon cœur bat à cette idée. Votre grande nation, monsieur, est en paix avec la mienne; nous sommes même des alliés. Il y a entre vous et moi, comme trait d'union, votre

compatriote Franklin, et le mien, le général La-
fayette. Mes pères ont combattu pour aider les
vôtres à conquérir leur liberté, le drapeau de la
libre Amérique... Pardon, je viens au fait : pre-
nez-moi à votre bord, reconduisez-moi dans mon
pays, ce sera une noble action. »

La vivacité, l'originalité du discours de M. Pinson fit naître un sourire sur les lèvres du jeune
lieutenant.

« Je ne suis pas le maître à bord du *Fulton*,
monsieur, répondit-il; je ne suis que le lieutenant du commodore Warren.

— Emmenez-moi quand même ; une fois à
bord, je m'expliquerai avec le commodore : on
s'entend toujours avec un marin.

— Et s'il refuse de vous laisser monter sur le
pont, dit le lieutenant, que ferai-je de vous? Je ne
suppose pas le capitaine du *Canada* d'humeur à
vous attendre.

— Si le commodore refuse de m'admettre,
répliqua M. Pinson d'un ton désespéré, eh bien,
vous me jetterez à la mer, et tout sera dit. »

Le lieutenant, peu à peu, se rapprochait de
l'échelle par laquelle il devait descendre dans

le canot qui l'avait amené. Les deux steamers, entraînés par le remous des vagues, se trouvaient alors à trois cents mètres l'un de l'autre, et l'équipage du *Fulton* se pressait à bâbord.

« Voulez-vous me prêter un instant votre porte-voix? demanda soudain le lieutenant au capitaine. Il ne m'en coûte rien d'essayer de rapatrier ce gentleman. »

Le capitaine tendit l'instrument.

« Commodore! cria le lieutenant

— Que voulez-vous? répondit le commodore qui, posté sur la passerelle de son navire, examinait le *Canada* à l'aide de sa longue-vue.

— Un gentleman français, par suite d'une erreur, se trouve à bord du *Canada* et se rend malgré lui en Amérique. »

Un immense éclat de rire, poussé par les matelots de la frégate, retentit. Le commodore, d'une voix de tonnerre, imposa silence à son équipage.

« En quoi me regarde, demanda-t-il ensuite, l'aventure de ce gentleman?

— Il vous supplie de le prendre à bord, de le ramener dans son pays. »

M. Pinson, que l'éclat de rire poussé par les

matelots n'avait pas fait sourciller, s'appuyait
sur l'épaule de Vif-Argent, et ne perdait pas de
vue le commodore. L'officier arpenta par deux
fois la passerelle.

« Embarquez-le, répondit-il soudain.

— La rencontre du *Canada,* qui va porter à Washington la nouvelle de la destruction d'un des
corsaires que nous sommes chargés de poursuivre, a mis le commodore de bonne humeur,
dit le lieutenant. Embarquez-vous vite, monsieur, qu'il n'aille pas réfléchir et changer
d'avis. »

Vif-Argent avait traduit sur l'heure à M. Pinson
la réponse du commodore, et l'ingénieur avait
voulu s'élancer; mais la joie, l'émotion le paraly-
saient.

« En avant, petit! cria-t-il enfin à Vif-Argent;
vite, vite!

— Eh bien, vous êtes deux? Attendez! » dit le
lieutenant avec vivacité.

M. Pinson ne répondit pas; il enleva Vif-Argent
par le collet de sa veste, le passa aux matelots
du canot, puis se laissa glisser lui-même le long
du bord.

« Est-ce donc votre fils? demanda le lieutenant indécis.

— Oui, à peu près, » répondit M. Pinson.

En ce moment le comptable apparut.

« Arrêtez ! cria-t-il.

— Je vous payerai, monsieur, » se hâta de
dire Boisjoli.

Le comptable se tut, et, deux minutes plus tard,
vigoureusement entraîné par ses rameurs, le
canot s'éloignait du *Canada*, qui reprit aussitôt sa
marche en avant. Avec quelle joie M. Pinson se
vit à bord du *Fulton!* Il voulait se jeter dans les
bras du commodore; mais l'officier s'occupait de
remettre son navire en route. M. Pinson se tourna
vers le *Canada*, qui par trois fois éleva et abaissa
son pavillon en signe de salut. Boisjoli, placé en
arrière, agitait son mouchoir pour adresser un
dernier adieu à son ami. L'hélice du *Fulton* pivota,
et les deux navires s'éloignèrent l'un de l'autre.

M. Pinson put enfin causer avec le commodore et le remercier. Il lui raconta, avec une verve
qui amusa beaucoup l'officier américain, les péri-
péties de sa triste aventure. M. Pinson parlait
avec d'autant plus d'aise que le commodore

et ses officiers connaissaient le français. Pendant
ce temps, Vif-Argent, appuyé sur le bord, regardait avec tristesse le *Canada* s'éloigner.

« C'est dommage ! murmurait l'enfant, oui, c'est
dommage ! un peu plus je voyais l'Amérique, et
j'aurais su si Robinson a menti. Allons, je vais
embrasser la pauvre mère Pitch, et M. Pinson parle
de m'emmener à Paris. C'est égal, c'est dommage ! »

CHAPITRE X

LE DAVIS

Sous ses dehors simples, familiers, empreints l'originalité, M. Pinson était un très savant et très aimable homme. Aussitôt délivré de son affreux cauchemar d'un voyage en Amérique, il reprit sa bonne humeur, sa liberté d'esprit, et devint un agréable compagnon. Aussi, vingt-quatre heures après son embarquement à bord du *Fulton*, pouvait-il déjà se considérer comme l'ami du commodore et de ses officiers qui, sans exception, parlaient assez correctement le français. Le commodore, vieux loup de mer aux cheveux grisonnants, avait appris son métier beaucoup plus par la pratique que par la théorie, et dédaignait volontiers ce qui ne se rattachait pas aux choses de la mer. Bon et humain, il ne se montrait implacable que sur la prompte exécution des manœuvres qu'il ordonnait. Il avait la plus haute opinion de son pays, n'admettait pas qu'il pût avoir de rivaux, et n'acceptait que difficilement qu'on le comparât aux nations de la vieille Europe. A l'occasion, il soutenait avec énergie que l'Angleterre était une ancienne colonie américaine, et que Christophe Colomb, New-Yorkais de naissance et non Génois, avait un beau jour découvert le vieux continent. Ce chauvinisme paradoxal, propre à tous les Américains, est, sans en avoir l'air, une des forces de ce peuple vigoureux. Aux États-Unis, comme autrefois à Athènes et à Sparte, chaque citoyen est prêt à sacrifier sa fortune et sa vie pour justifier la suprématie qu'il attribue à son pays.

L'histoire de Vif-Argent, racontée en détail par M. Pinson, attira l'attention générale sur l'orphelin, qui, par sa gentillesse, son intelligence, sa vivacité, sa politesse, conquit vite la sympathie des officiers et des matelots. Cette sympathie, à sa grande satisfaction, permit à l'enfant d'exercer son activité d'écureuil ; il voyageait sans cesse, de la cale à la dunette, de bâbord à tribord, de l'avant à l'arrière du *Fulton*, toujours prêt à seconder ceux qui travaillaient, quels que fussent leurs travaux.

Le commodore américain fit bien les choses ; M. Pinson et son pupille furent non seulement établis dans le cadre des officiers, mais admis à partager leurs repas. Vif-Argent, indice certain de sa bonne éducation première, savait se tenir à sa place dans cette grave société. L'enfant possédait une distinction native que sa vie à demi vagabonde n'avait point effacée ; l'éducation peu à peu devait en faire un homme digne de ce nom.

M. Pinson crut ne pouvoir mieux employer les heures que sa destinée le forçait à passer à bord du *Fulton* qu'en étudiant l'anglais, et il se fit donner des leçons par Vif-Argent. En échange, il sut, par d'habiles interrogations, sonder le savoir de l'enfant. Une fois renseigné sur ce point, il put mesurer la portée de ses réponses aux incessantes questions de son petit compagnon, et les rendre claires pour son esprit. Ce n'était pas une sinécure que la charge d'instituteur de Vif-Argent, M. Pinson s'en aperçut bientôt. L'enfant voulait tout approfondir, et les explications de son professeur bénévole excitaient sa curiosité, sans jamais réussir à la satisfaire complètement.

Le temps redevint froid, la pluie recommença à

tomber; aussi M. Pinson et son élève se tinrent-ils de préférence dans le salon, où les officiers mirent des livres à leur disposition.

« Sais-tu, petit, dit un soir l'ingénieur, que c'est une bonne fortune pour toi que de t'être trouvé sur la route de Boisjoli? Grâce à lui, tu seras rendu à ta famille; il a exigé de moi la promesse de ne pas t'abandonner, et ce que je promets à Boisjoli est sacré. Boisjoli, petit, en remonterait au plus habile dans son métier; tu le sauras plus tard, car tu entendras certainement parler de lui. En outre, il possède un de ces braves cœurs comme le commodore, — bien injuste en cela, — soutenait hier qu'il ne peut en exister qu'aux États-Unis.

— Vous aussi, monsieur, vous possédez un de ces cœurs-là, répondit aussitôt Vif-Argent, et j'avais envie de le dire au commodore, en lui citant, comme preuve que, vous avez acheté une bassinoire à la mère Pitch.

— L'idée venait de Boisjoli, petit; voilà plusieurs fois que je te le répète, tu devrais bien ne plus l'oublier. »

Après chaque leçon, Vif-Argent serrait la main

de M. Pinson pour le remercier, puis, à titre de récréation, courait voir fonctionner la machine, ou assister à une manœuvre.

« On vient de me raconter, monsieur, dit-il une fois en revenant près de son ami, que le nom que porte notre navire est celui d'un ingénieur américain, et que cet ingénieur est l'inventeur des steamers. C'est une des idées de notre commodore, n'est-ce pas?

— Nullement, petit; Robert Fulton est véritablement un Américain, car il est né dans la Pensylvanie en 1785. Il fut d'abord peintre, et je crois assez mauvais peintre. Entraîné par un goût naturel qui le portait vers les sciences mécaniques, il se mit à l'étude, et inventa d'abord une machine à scier le marbre, puis un bateau sous-marin destiné à faire sauter les navires. Ce bateau, modifié, perfectionné par ses compatriotes, est devenu, sous le nom de *torpille*, un des plus formidables engins de guerre de notre temps. Mais le véritable titre de gloire de Fulton, c'est d'avoir appliqué la vapeur à la navigation. Ce fut en France, de 1802 à 1803, qu'il fit son premier essai. Nul ne devina, dans la lourde et imparfaite ma-

chine qu'il présenta, l'avenir que des perfection-
nements successifs lui réservaient. Revenu en
Amérique, Fulton construisit un nouveau bateau
qui, à la grande admiration des New-Yorkais,
fit bientôt un service régulier entre New-York et
Albany, sur le fleuve Hudson.

— J'espérais, dit Vif-Argent d'un air désappointé, que le mécanicien s'était trompé lorsqu'il
m'avait, en partie, raconté cette histoire.

— Et pourquoi espérais-tu cela, petit ?

— Je voudrais, monsieur, que cette belle invention eût été faite par un Français.

— Console-toi, répondit M. Pinson. Quoi qu'en
dise le commodore avec lequel j'agitais hier cette
question, les Français sont pour quelque chose
dans l'invention des bateaux à vapeur, steamers
ou pyroscaphes : on leur donne tous ces noms. Dès
l'année 1695, le Français Papin traçait le plan
d'un bateau muni de rames mises en mouvement
par la vapeur. En 1699, un autre de nos compatriotes, Duquet, essayait de remplacer les rames
des galères par des roues munies de palettes.
En 1753, l'abbé Gautier, de Lunéville, lisait à l'a-
cadémie de Nancy un mémoire sur ce sujet. Et

ce n'est pas tout : en 1775, Périer construisit à
Paris un bateau à vapeur qu'il fit marcher sur la
Seine, expérience reprise en 1780, sur le Doubs,
par le marquis de Jouffroy. On a longtemps répété
que Fulton avait été témoin de ces expériences.
C'est là une erreur grave, puisque, à cette époque, l'ingénieur américain n'était pas encore né.
La vérité, c'est qu'il eut connaissance des travaux
du marquis de Jouffroy. Donc, sans contester le
mérite de Fulton, il est permis de rendre justice à notre compatriote, dont l'Académie des
sciences, du reste, a récemment constaté la prio-
rité.

— Je vais raconter cela au mécanicien, dit Vif-
Argent, pour lui prouver que les Français ne sont
pas des bêtes. Mais encore un mot, monsieur : la
machine du *Canada* se mouvait à l'aide de roues,
et le *Fulton* marche avec une hélice.

— L'hélice, dit M. Pinson, est une invention bien
française, celle-là ; Duquet ou Du Quet, dont je te
parlais tout à l'heure, en eut le premier l'idée.
En 1803, Charles Dallery publia un mémoire dans
lequel l'hélice propulsive est clairement décrite.
Néanmoins, la première que l'on vit fonctionner

8

avec succès fut construite par le capitaine suédois
Ericsson, en 1836.

— L'hélice est donc préférable aux roues ?
demanda Vif-Argent.

— L'hélice, petit, est surtout précieuse pour
les bâtiments de guerre dont les boulets peuvent
si facilement détruire les roues. En outre, elle
permet aux navires qui en sont pourvus de naviguer au besoin à la voile, car ils sont plus légers
et plus effilés. L'hélice d'un navire, — il est bon
que tu connaisses ces détails, — s'immerge à une
profondeur de soixante centimètres environ ; elle
peut tourner sur elle-même deux cents fois par minute ; ses ailes, en frappant l'eau de la même façon
que les ailes des moulins à vent frappent l'air,
c'est-à-dire obliquement, font avancer un navire
avec une vitesse de huit à dix milles par heure. »

Cinq jours après avoir été recueilli à bord du
Fulton, vers trois heures de l'après-midi, M. Pinson se tenait à l'avant du steamer ; on s'attendait
d'un moment à l'autre à voir apparaître les côtes
d'Angleterre, et le cœur de l'ingénieur battait avec
force. Le *Fulton* devait croiser dans la Manche,
visiter tous les ports qu'il rencontrerait sur sa

route, chercher partout le hardi corsaire qui, depuis quelques mois, avait causé de sérieux dommages au commerce américain en incendiant bon nombre de ses navires.

« Terre ! terre ! » cria soudain la voix d'un matelot.

M. Pinson, tout bouleversé, eut d'abord quelque peine à reconnaître la terre dans le nuage blanshâtre qu'on lui montra au-dessus des flots. L'immobilité de ce nuage, dont les contours s'accusèrent rapidement, mit des larmes dans les yeux de l'ingénieur, qui pressa l'épaule de Vif-Argent sur laquelle il s'appuyait. Vif-Argent, songeant à Robinson, à l'Amérique, aux tigres, à Vendredi, murmura :

« C'est dommage ! Je suis content de penser que je vais revoir la mère Pitch ; mais c'est tout de même dommage de n'avoir pas vu d'île. »

La côte aperçue était celle du cap Lizard ; après l'avoir reconnu, le steamer reprit le large et se trouva à l'entrée de la Manche. Bientôt plusieurs navires furent en vue. Le commodore et ses officiers, armés de lunettes, examinaient ces navires avec soin et se communiquaient leurs impressions.

Le *Fulton*, changeant brusquement de direction, marcha soudain vers un brick de fort tonnage
qu'il rejoignit en moins d'une heure. A l'approche
du navire de guerre, le brick hissa le pavillon
suédois. Le *Fulton* tourna autour de lui, le salua à
son tour, puis reprit sa marche vers un autre bâtiment qui se montrait à gauche. M. Pinson ressentit
une émotion indicible lorsqu'il vit flotter à l'arrière de ce bâtiment le pavillon tricolore de France,
qui, se levant et s'abaissant par trois fois, salua de cette façon la bannière étoilée des États-
Unis.

Durant le reste de la soirée, le *Fulton* passa en
revue huit navires, car les abords de la Manche
sont toujours encombrés de bâtiments revenant
des pays d'outre-mer, ou s'y rendant. Deux ou
trois fois, le commodore interrogea les capitaines
de ces navires, leur demandant d'où ils venaient
et où ils allaient. Le dernier interpellé fut un navire américain, et cette fois la conversation dura
un quart d'heure. Le bâtiment venait du Havre, et
il apprit au commodore que le corsaire qu'il cherchait se trouvait à Cherbourg, où plusieurs avaries
l'avaient forcé à relâcher. C'était là un précieux ren-

seignement, et le commodore mit aussitôt le cap
vers le grand port français.

« Vous verrez une jolie danse, monsieur l'ingénieur, dit-il à M. Pinson, si, comme je n'en
doute pas, je réussis à mettre le grappin sur ce
Davis qui fait ici la chasse aux lapins, et fuit lâ-
chement devant les requins. On se bat bien dans
votre pays ; il me semble l'avoir entendu dire.
Mais vous verrez que les Américains n'y vont pas
de main morte.

— Ils ne peuvent rien faire de plus que de
se faire tuer, je suppose? dit M. Pinson.

— C'est vrai, monsieur; mais il y a manière
et manière de se faire tuer, et je compte vous
prouver que la nôtre est la bonne. »

M. Pinson, lui aussi, aimait avec force son pays ;
il ne souffrait guère qu'on l'attaquât, même indi-
rectement, sans prendre sa défense. Mais, pour le
moment, il se sentait si heureux de songer qu'a-
vant quarante-huit heures il serait à terre, libre
enfin d'aller où bon lui semblerait, qu'il accorda
sans peine au commodore que la façon américaine
de lancer un boulet, ou de le recevoir, était de beaucoup supérieure à toutes les autres façons connues.

8.

« Est-ce que Cherbourg ressemble à Liverpool, monsieur ? lui demanda Vif-Argent.

— Non, petit ; Liverpool est un port de commerce, et Cherbourg est avant tout un port de guerre. C'est le seul que possède la France, dans la Manche ; encore a-t-il fallu le créer. Tu verras là une digue de trois mille huit cent soixante-six mètres, derrière laquelle peut s'abriter une flotte entière. Avant de retourner à Londres, nous visiterons les bassins creusés dans le roc, toute une série de travaux dont le moindre, en dépit des assertions du commodore, n'a pas été surpassé aux États-Unis. »

La nuit vint ; on naviguait sur la grand'route que suivent les navires de Hambourg, Flessingue, Anvers, Portsmouth, Plymouth, Dunkerque, le Havre, etc., pour s'éparpiller sur l'Océan et porter jusqu'aux extrémités de notre globe les produits de l'industrie européenne. Deux matelots furent placés en vigie, pour surveiller l'horizon et prévenir les abordages. Vers neuf heures du soir, on rencontra deux goélettes, puis, une heure après, un brick américain. Le corsaire à la recherche duquel se livrait le *Fulton* était un navire de même tonnage que celui qu'on avait sous le vent; aussi le commodore eut-il un moment l'espoir d'avoir rencontré son ennemi. Interpellé à l'aide du porte-voix, le brick déclara venir du Havre, et confirma l'avis donné par la frégate rencontrée le matin, à savoir que le *Davis*, armé de vingt canons et monté par trois cents hommes d'équipage, se tenait paisiblement à l'ancre dans la rade de Cherbourg.

Le branle-bas de combat avait eu lieu à bord du *Fulton*, c'est-à-dire que les batteries étaient prêtes à faire feu, que les hamacs et tous les objets qui peuvent entraver les manœuvres avaient été transportés sous le second pont. Officiers, canonniers, timoniers, chacun était à son poste; le commodore s'installa sur sa passerelle.

« Va-t-on se battre pour de vrai, monsieur? demanda Vif-Argent à M. Pinson, qu'il ne quittait plus.

— J'espère que non, petit, répondit l'ingénieur. Ce *Davis*, comme on le nomme, n'a rien à gagner à se heurter contre le *Fulton*; son commandant, selon toute probabilité, essayera donc de nous éviter avec autant de soin que notre commodore en met à le chercher.

— Un corsaire est cependant un navire de
guerre ; il a des canons.

— Oui, petit ; mais, s'il ne refuse pas toujours
le combat, il s'attaque de préférence aux navires
de commerce, afin de les détruire, quand il ne
peut les emmener. Il y aurait beaucoup à dire
sur ces irréguliers de la mer ; cependant, les
Français n'ont pas le droit de les condamner trop
haut, car notre marine leur doit ses plus grands
hommes de guerre.

— Pourquoi les Américains du Nord en veulent-
ils aux Américains du Sud ? N'appartiennent-ils
pas à la même nation ?

— Hélas! oui, petit ; mais les hommes ne sont
pas toujours sages. Cette guerre aura pour résultat
de rendre cinq millions d'hommes noirs à la liberté ;
le sang humain n'aura donc pas coulé en vain. »

Il était près de minuit, que M. Pinson et Vif-
Argent se tenaient encore sur la dunette. Les
vagues devenaient courtes, preuve qu'elles com-
mençaient à être resserrées entre les côtes. De
loin en loin apparaissait une lumière, et le *Fulton*
marchait aussitôt vers ce point. Soudain un coup
de canon retentit dans le lointain.

« Est-ce le signal d'un navire en détresse ?
s'écria M. Pinson. Demande-le vite à ce matelot,
petit.

— Je le crois, répondit le matelot, car le commodore vient d'ordonner de piquer droit sur le
point lumineux que voilà là-bas. »

Le *Fulton* parut redoubler de vitesse. Officiers
et matelots se taisaient et écoutaient, le regard
tourné vers la lumière aperçue. Cette lumière
semblait grandir à vue d'œil et se multiplier.
Tout à coup une longue flamme se dressa vers
le ciel ; elle s'échappait des flancs du navire.

« Tenez les canots prêts à prendre la mer !
s'écria le commodore à l'aide de son porte-voix ;
il y a peut-être là des malheureux à sauver. »

Bientôt une distance d'un kilomètre, à peine,
sépara le *Fulton* du navire en feu. Rien de plus
imposant, de plus terrible, de plus sinistre, que
de voir cette masse en flammes au milieu de
l'Océan. D'épais nuages de fumée l'enveloppaient ;
puis des langues de feu s'échappaient des sabords,
couraient de la poupe à la proue et rougissaient la
mer de leur éclat.

« Il n'y a personne sur le pont ! cria le com-

modore ; faites tirer un coup de canon, lieutenant ;
les matelots qui ont abandonné ce bâtiment ne
peuvent être loin, et il est bon, s'ils nous voient,
de leur faire savoir qu'ils peuvent venir à nous. »

Un silence si profond régnait à bord, que la voix
brève, impérieuse du commodore s'entendait par-
faitement. Tous les regards sondèrent l'horizon,
cherchant les barques sur lesquelles devaient
s'être réfugiés les marins dont le navire brûlait.

« C'est un des nôtres ! cria soudain le commodore. Je lis sur sa poupe : « *Niagara*, de
« New-York. » Inscrivez ce nom, lieutenant. »

Le coup de canon tiré par le *Fulton* venait à
peine de résonner, qu'une clameur immense retentit ; on venait de dépasser le *Niagara*, et en
avant, à quatre kilomètres environ, un nouvel
incendie s'allumait à l'horizon. Aussitôt que l'on
se fut assuré que nul être humain ne se trouvait
sur le pont du *Niagara*, on mit le cap sur le second
navire. On vit un canot s'éloigner à force de rames,
et l'on aperçut alors un petit steamer qui, immobile, se tenait à moins de cinquante mètres du
navire incendié.

Le *Fulton* fut aussitôt dirigé vers ce bâtiment,

dont les flammes éclairaient la coque noire et fine.

Le commodore, à la grande surprise de M. Pinson, fit arborer le pavillon anglais. Le petit steamer répondit en hissant le pavillon russe ; mais, au lieu d'attendre l'approche du *Fulton*, il se mit en marche.

« Tirez à poudre, s'écria le commodore, et donnez-lui l'ordre de s'arrêter ! »

Le petit steamer ne tint aucun compte de cet ordre, et continua sa route.

« Un boulet, vite ! cria le commodore ; nous sommes en paix avec la Russie, et ce navire semble avoir peur du nôtre. »

Le boulet, ricochant sur les vagues, alla mourir à quelques mètres du petit steamer.

« Hissez nos couleurs, lieutenant, dit le commodore, que ce fuyard sache qui nous sommes réellement. »

Le pavillon d'Amérique flottait à peine à la proue du *Fulton*, que le steamer arborait le drapeau français. Il ralentit sa marche, et à peine le *Fulton* se trouvait-il à portée, qu'un boulet passait par-dessus son pont. En même temps, le petit steamer hissait à sa poupe le drapeau des États du Sud.

« Le *Davis !* s'écria le commodore. Droit à lui, garçons, et à mort les incendiaires !

— A mort ! » répéta l'équipage d'une seule voix.

Un formidable *hourra* retentit à bord du *Davis*. Ce cri fit frissonner M. Pinson et Vif-Argent.

« Allons-nous assister à un combat naval ? s'écria l'ingénieur. En voilà bien d'une autre ! Quoi ! non content de m'avoir arraché à ma rue Nollet, de m'avoir perdu dans les rues de Londres... de !... »

M. Pinson n'en put dire davantage, un boulet parti du *Davis* venait d'emporter, sous ses yeux, le bras d'un des matelots qui tenaient la roue du gouvernail. Presque au même instant, le *Fulton* craqua comme si ses flancs allaient se disjoindre, et un bruit formidable assourdit M. Pinson, qui crut que le steamer sombrait. Sur l'ordre du commodore, les artilleurs venaient simplement de répondre à la provocation du *Davis* en le saluant d'une décharge générale de leurs pièces de tribord.

CHAPITRE XI

LES ILES CANARIES

« Descendez à l'entrepont, monsieur, dit le lieutenant du *Fulton* à M. Pinson en passant près de
lui; il y a danger ici. »

Vif-Argent, un peu pâle, regardait de tous ses
yeux. L'ingénieur, après un moment d'hésitation,
le prit par la main et l'emmena dans le salon;
ils y arrivaient à peine qu'une nouvelle décharge
ébranlait le steamer.

« Reste ici, petit, dit M. Pinson, qui, en proie à
une agitation fébrile, ne pouvait tenir en place, et
ne bouge pas.

— Où allez-vous, monsieur ?

— Sur le pont; j'aime mieux voir que d'entendre.

— J'y vais aussi, dit l'enfant; je ne veux pas
vous quitter. »

L'ingénieur se rapprocha de Vif-Argent.

« As-tu peur? lui demanda-t-il.

— Ici, oui; là-haut, en plein air, il me semble que je suis plus rassuré. »

M. Pinson, redoutant pour son petit compagnon les brutalités d'un boulet ou d'un éclat d'obus, résista à sa propre envie de retourner sur la dunette, et s'assit près de lui.

« Voilà la guerre, petit, dit-il avec mélancolie, la guerre et ses sombres horreurs. Chacune des détonations qui retentissent en ce moment a pour terrible conséquence de priver une mère de l'enfant auquel elle a sacrifié sa jeunesse, de l'être qu'elle a protégé vingt ans contre la moindre égratignure. C'est affreux à songer que des êtres humains, c'est-à-dire doués de raison... Mais ne philosophons pas à faux ; tant qu'il y aura sur la terre des hommes ambitieux et méchants, on se battra.

— Le commodore et ses officiers sont de bonnes gens, monsieur, dit Vif-Argent ; vous me l'avez fait remarquer plusieurs fois.

— Certes, petit! aussi n'est-ce point d'eux que je veux parler, mais de ceux qui leur ont mis les

armes à la main. La guerre qui divise les États-
Unis est une guerre à jamais fatale, peut-être nécessaire. Mais il n'y a qu'une seule guerre juste et
sainte, vois-tu, c'est celle que l'on fait à l'ennemi
qui, envahissant la patrie, prétend la démembrer
ou l'asservir. Devant un tel ennemi, il faut savoir
combattre, mourir, afin de pouvoir léguer aux milliers d'êtres qui doivent venir après nous, à défaut
d'autres biens, l'indépendance et la liberté. »

La canonnade continuait. M. Pinson, peu à
peu, se rapprocha de l'escalier, en gravit les degrés et se montra de nouveau sur le pont. La mer,
sous l'éclat des deux navires en feu, apparaissait
comme une vaste nappe rouge. La brise agitait à
peine les flots, et la fumée blanche des canons
flottait dans l'air. A bord du *Fulton*, les visages
étaient sérieux, mais les regards flamboyaient.
Les ordres du commodore, toujours posté sur la
passerelle, se transmettaient brièvement. Beaucoup plus petit que son adversaire, le *Davis* lui
tenait tête néanmoins, et manœuvrait de façon à
ne point découvrir ses flancs. Plusieurs mares de
sang se voyaient sur le pont du *Fulton*, et des agrès
rompus pendaient le long des mâts.

« Gouvernez de façon à frapper l'ennemi par le travers, vint dire un enseigne aux hommes qui tenaient le gouvernail ; le commodore veut en finir. »

En même temps, l'ordre de réserver leur feu fut transmis aux canonniers.

M. Pinson s'était logé près de la cheminée, au-dessous de la passerelle. Il sentit soudain quelqu'un se serrer contre lui : c'était Vif-Argent.

« Laissez-moi là, monsieur ! » dit l'enfant d'une voix suppliante.

M. Pinson, sans répondre, enveloppa son petit compagnon de ses bras. Un silence solennel régnait à bord du *Fulton,* qui, sans riposter, affrontait le feu de son adversaire. Un boulet vint s'enfoncer au-dessus de la tête de M. Pinson.

« Ouf ! murmura l'ingénieur, voilà pourtant ce que je dois à ce gredin de Boisjoli. Sans lui, sans ses perfides conseils, je serais, à l'heure présente, tranquillement étendu dans mon lit. Au lieu de cela, me voilà en pleine mer, entre deux incendies, menacé à chaque seconde de servir de gaine à un obus qui, m'emportant un bras ou une jambe, me rendra digne de l'Hôtel des Invalides sans que j'aie le droit d'y entrer. »

M. Pinson coupa court à son monologue. Le *Fulton*, lancé à toute vapeur, s'approchait rapidement du *Davis*. Encore quelques minutes, et les deux navires, comme des taureaux en fureur, allaient se heurter avec une violence inouïe. M. Pinson se cramponna aux cordes d'une chaloupe amarrée sur le pont, afin de résister au choc qu'il prévoyait.

« Barre à bâbord! » cria le commodore.

Le *Fulton* obéit au gouvernail et fila vers la gauche. Mais le *Davis* avait deviné les intentions de son ennemi; au moment où le *Fulton* arrivait sur lui, il vira brusquement de bord. Les deux steamers, se croisant, échangèrent aussitôt le feu de leurs pièces. Des cris d'angoisse, de douleur, d'agonie, succédèrent à la formidable détonation, cris couverts aussitôt par des hourras.

Emporté par l'élan à l'aide duquel il avait espéré couper en deux son adversaire, le *Fulton* s'éloigna de cinq cents mètres et dut décrire une longue courbe avant de pouvoir revenir vers lui. Le *Davis*, continuant sa route en ligne droite, passa près du second navire embrasé et le salua d'un hourra de triomphe.

« L'incendiaire renonce à se battre ! s'écria le
commodore avec rage. Manœuvrez droit, garçons !
cria-t-il aux timoniers, il y va de notre honneur de
ne pas laisser échapper ce forban. »

Un kilomètre séparait déjà les deux steamers,
et le *Fulton*, marchant à toute vapeur, suivit
le sillage du *Davis*. En moins d'une heure on
perdit de vue les deux navires incendiés, mais
encore longtemps le ciel demeura rouge dans
leur direction. Les matelots, sans perdre une minute, se mirent à réparer les dégâts causés par
les boulets et lavèrent le pont. Leur désappointement était grand ; tout en travaillant, ils mena-
çaient du poing le corsaire qui fuyait devant
eux, l'apostrophant de termes injurieux, le défiant
de les attendre. Leurs voix se perdaient dans
le bruit des flots, et le *Davis*, sans doute très
maltraité, ne semblait pas d'humeur à recommencer la lutte.

« Allons, monsieur le Français, un verre de
grog en l'honneur de l'Amérique ! dit le commodore en passant près de M. Pinson. J'ai vu
votre contenance sous le feu, ajouta l'officier ; sur
ma foi, vous êtes brave.

— Comme ci comme ça, répondit l'ingénieur; quand je ne puis pas faire autrement.

— Vous vous calomniez ; la cale était ouverte et vous pouviez vous y réfugier.

— Je n'aime pas les ténèbres, répliqua M. Pinson; cependant, pour ne rien vous cacher, commodore, j'avoue que je me hâterais de vous dire adieu si je le pouvais. Mais, dites-moi, croyez-vous que le *Davis* recommence le combat?

— Il le faudra bien, qu'il le veuille ou non. Le *Fulton*, monsieur, est un marcheur de premier ordre ; vous verrez cela demain matin. Pour le moment, à votre santé et bonsoir ! »

M. Pinson et Vif-Argent suivirent l'exemple que leur donnait le commodore et se retirèrent dans leur cabine. L'enfant était encore ému du combat livré sous ses yeux et accablait M. Pinson de questions.

« Est-ce que vous aussi, monsieur, vous souhaitez de voir le *Davis* s'entr'ouvrir et disparaître au fond de la mer?

— Non certes, petit, je ne veux la mort de personne.

— Les matelots du *Fulton* ne parlent que de pendre ceux du *Davis*.

— Je comprends leur colère. Si, sous nos yeux, un navire anglais ou allemand était venu brûler deux pauvres bâtiments de commerce français, je crois que j'aurais réclamé une arme et pris part au combat. Mais notre rôle doit se borner à former des vœux pour la fin de cette lutte fratricide. »

M. Pinson, bien que levé presque en même temps que le soleil, trouva Vif-Argent sur le pont. Trois matelots du *Fulton* avaient été tués, et leurs camarades s'occupaient de les ensevelir dans des morceaux de toile à voiles. La mer était unie, et, à quatre kilomètres en avant, le *Davis* continuait à fuir.

« Le gredin est bon marcheur, dit le lieutenant à M. Pinson; bien que nous filions en ligne droite, il gagne un peu de distance sur nous. Par bonheur, le baromètre baisse; que la mer s'agite, je connais le *Fulton*, il reprendra l'avantage. »

M. Pinson regarda longtemps le *Davis*, qui, peint en noir, son pavillon flottant à la poupe, défiait ainsi son formidable adversaire. Léger, rapide, le petit steamer semblait glisser sur les flots, et laissait derrière lui une longue traînée d'écume.

La cloche du bord annonça dix heures. Le commodore, en grand uniforme, parut soudain sur le pont, salué par un lugubre roulement de tambour. Aussitôt les matelots, équipés et en armes, se rangèrent de chaque côté du steamer, tandis que les officiers entouraient leur chef. Les corps des trois matelots furent apportés, puis déposés près d'un sabord ouvert, pourvu d'un plan incliné. Le commodore, d'une voix grave, lut alors plusieurs passages des psaumes de David; il s'interrompait de temps à autre, et les sons plaintifs d'un fifre se faisaient entendre.

Rien de plus navrant que cette triste et simple cérémonie. Au-dessus du navire, le ciel sans bornes; au-dessous, la mer aux abîmes immenses, prête à s'entr'ouvrir pour recevoir la dépouille mortelle d'hommes hier pleins de vie, bravement morts à leur poste pour leur patrie.

Un coup de canon retentit; les trois corps, un boulet lié à leurs pieds, glissèrent l'un après l'autre sur le plan incliné et disparurent dans la mer, qui se referma aussitôt sur eux.

M. Pinson et Vif-Argent, tête nue, recueillis,
avaient pris leur part de cette triste cérémonie; ils
regagnèrent à pas lents la dunette. Vif-Argent
pleurait.

« Qu'as-tu, petit? lui demanda l'ingénieur.

— Mon père, monsieur, je pense à mon père.
Un matin, je l'ai vu pâle, immobile, enveloppé de
linges blancs, comme les matelots que je regar-
dais tout à l'heure. On le plaça sur une voiture
noire, puis on le conduisit au cimetière. La terre
avait été creusée, et... je ne devais plus le revoir. »

Vif-Argent sanglota si fort que M. Pinson l'assit
sur ses genoux, l'embrassa, puis, tout en lui parlant, se mit à le bercer comme s'il eût été tout
petit. Peu à peu le chagrin de l'enfant s'apaisa,
et un sourire reparut sur ses lèvres. Deux heures
plus tard, chacun, à bord du *Fulton,* avait repris
son occupation habituelle.

Quand la cloche du steamer sonna midi, an-
nonçant l'heure du déjeuner, la distance qui séparait le *Fulton* du *Davis* ne semblait pas s'être
modifiée. Le commodore, convaincu que, si la
mer devenait plus agitée, son navire prendrait
une supériorité d'allure qui lui permettrait de

rejoindre l'ennemi, consultait sans cesse le baromètre.

Le déjeuner fut vite expédié ; la perspective
d'un prochain combat rendait tout le monde un
peu fiévreux à bord du *Fulton*. En arrivant sur le
pont, le commodore jeta un coup d'œil sur la mer
et frappa du pied.

« Ce maudit bateau est de construction américaine, dit-il avec dépit.

— A quoi le reconnaissez-vous, commodore?
demanda M. Pinson.

— A sa marche, monsieur; s'il sortait d'un ate-
lier anglais ou français, il y a longtemps que
nous l'aurions rejoint.

— Les Anglais et les Français savent construire un navire, commodore.

— Je n'en disconviens pas, monsieur; à force
de copier les Américains, les Français et les Anglais sont arrivés à un à-peu-près satisfaisant,
mais à un à-peu-près, pas davantage. »

Le commodore n'était pas d'assez bonne humeur
en ce moment pour que M. Pinson se hasardât à
soutenir une controverse; il se tut donc, bien qu'il
lui eût été facile de prouver, par des faits irré-

futables, que les ingénieurs maritimes français ne le cèdent à personne dans l'art de construire un navire. Comme compensation, l'ingénieur se donna la satisfaction d'expliquer à **Vif-Argent** l'erreur du commodore, et trouva dans l'enfant un auditeur convaincu.

La journée s'écoula à observer le *Davis*, qui, son pavillon à l'arrière, continuait à braver son ennemi. Une rage concentrée régnait parmi les hommes du *Fulton*, impatients de se mesurer de nouveau avec le corsaire qui, en quelque sorte sous leurs yeux, avait incendié deux des navires qu'ils avaient mission de protéger. Le commodore s'entretenait souvent avec le mécanicien en chef, l'excitant à donner à l'hélice toute l'impulsion rotative compatible avec la sûreté de l'équipage. On marchait en raison de deux cent vingt tours par minute; ainsi l'on parcourait environ douze milles à l'heure.

« Vers quelle côte se dirige donc le *Davis?* demanda M. Pinson au lieutenant; il me semble que nous devrions voir la terre depuis plusieurs heures.

— La terre! répéta le lieutenant, quelle terre?

— Celle de France ou d'Angleterre ; la Manche est-elle si large qu'il faille plus de quarante-huit heures pour la traverser ?

— La Manche est derrière nous, répondit le lieutenant ? nous avons en ce moment le cap sur les îles Canaries.

— La Manche derrière nous ! les îles Canaries ! répéta M. Pinson ; il ne me manquait plus que cela ! Aurai-je renoncé à visiter les États-Unis pour aller aborder dans la patrie des serins ? ce dernier tour de Boisjoli mettrait le comble à son incroyable conduite. »

Le lieutenant, appelé pour une manœuvre, était déjà loin, que M. Pinson répétait encore :

« La patrie des serins ! non, ce serait trop fort ! »

Vif-Argent, installé non loin de M. Pinson, l'observait du coin de l'œil ; lorsqu'il le vit un peu calmé, il s'approcha de lui.

« Est-ce vrai, monsieur, dit-il, ce que vous venez de dire ?

— Qu'ai-je dit, petit ? Que Boisjoli...

— Non, pas cela, monsieur ; vous avez dit que les îles Canaries sont la patrie des serins.

— Rien de plus vrai.

— Et où sont-elles situées, ces îles?

— Sur les côtes d'Afrique.

— Elles appartiennent à la France?

— Non, bien que les Français, vers 1330, les aient retrouvées.

— Retrouvées ! s'écria Vif-Argent avec surprise; les îles Canaries ont donc été perdues?

— Les îles Canaries, reprit M. Pinson, étaient connues des peuples de l'antiquité, et les Carthaginois y établirent des comptoirs de commerce. Ils les nommèrent *îles Fortunées,* en raison de la beauté de leur climat et de leur richesse. Après la ruine de Carthage, on oublia la route qui conduisait à ces îles, dont le nom seul se perpétua dans la mémoire des marins.

— Je comprends, dit Vif-Argent, et à qui appartiennent-elles?

— Aux Espagnols, qui, bien que venus après les Français, eurent le bon esprit d'en prendre possession. Ce fut même un gentilhomme français, Béthencourt, qui en fit la conquête, car elles étaient habitées par un peuple guerrier, les Guanches, que l'on considère comme des parents des Berbères.

— Et quel est le nombre de ces îles?

— Sept principales, petit, dont l'une, nommée Ténériffe, possède un volcan haut de 3,710 mètres, ce qui permet aux navires de l'apercevoir d'une distance de 200 kilomètres. Une autre, l'île de Fer, a été rendue célèbre par une ordonnance du roi Louis XIII datant de 1634; elle fut prise pour lieu du passage du premier méridien.

— Sont-elles habitées, ces îles?

— Oui, certes; Ténériffe seule renferme 8,000 habitants.

— Tant pis! murmura Vif-Argent; mais dites-moi, monsieur, de laquelle de ces îles viennent les serins?

— De toutes, petit.

— Ce doit être amusant de voir voltiger sur les arbres ces jolis petits oiseaux jaunes.

— Le serin des Canaries, à l'état sauvage, reprit M. Pinson, n'a point la belle couleur jaune du serin domestique. Il est brun, gris, blanc, jaune, multicolore par conséquent. Le serin appartient à la grande famille des passereaux, et si ceux des Canaries sont particulièrement estimés, il y en a aussi en France. »

M. Pinson fut interrompu par un mouvement
qui se produisit à bord; les matelots couraient à
l'avant. Le soleil se couchait, et sur la teinte ver-
meille dont il embrasait le ciel se dessinaient les
mâts d'un navire.

CHAPITRE XII

AU BOUT DU MONDE

Le trois-mâts aperçu était un bâtiment à voiles qui semblait naviguer à l'est du *Davis;* mais le corsaire obliquait peu à peu de son côté.

« Viens ici, dit M. Pinson à Vif-Argent ; tu sais sans doute que la terre est ronde ?

— Oui, monsieur; seulement je n'ai jamais pu comprendre comment les gens qui sont au-dessous de nous peuvent marcher la tête en bas.

— Notre globe, petit, lancé à toute volée dans l'espace, avec son double mouvement de rotation, n'a en réalité ni dessus ni dessous. D'une part, la gravitation attire notre corps vers son centre; de l'autre, la pesanteur de notre atmosphère, équivalente à un poids de douze mille kilogrammes, nous fixe avec solidité sur notre vaste prison. Mais je t'ai appelé pour te montrer un des phénomènes qui servent à démontrer la rotondité

de notre terre; regarde donc devant toi, et dis-
moi ce que tu découvres à l'horizon.

— Ce que chacun voit aussi bien que moi,
monsieur, c'est-à-dire les mâts d'un navire.

— Et quelle partie de ces mâts aperçois-tu?

— Leur extrémité.

— Et la coque du navire, la vois-tu?

— Non, répondit Vif-Argent après avoir regardé avec attention.

— Et pourquoi ne vois-tu pas cette coque?

— Parce qu'elle est encore trop éloignée de
nous.

— La coque d'un navire est au moins cent
fois plus grosse que ses mâts; si l'éloignement
t'empêche de la voir, par quel miracle peux-tu distinguer les premiers? Eh bien, petit, c'est parce
que la terre est réellement ronde que ce navire
nous montre d'abord l'extrémité de ses mâts;
quant à sa coque, elle est encore cachée par la
courbe que décrit la mer. Si nous continuons à
marcher vers ces îles Canaries, que Dieu con-
fonde! tu verras, par la même raison, apparaître
d'abord la pointe du pic de Ténériffe, et ce n'est
qu'à mesure que nous nous rapprocherons, que

les flancs et enfin la base de cette montagne se montreront à nos yeux. Tu comprends ? »

Des cris de colère, poussés par les matelots groupés à l'avant du *Fulton*, interrompirent soudain M. Pinson. Le *Davis* venait d'amener son pavillon pour le remplacer par la bannière étoilée des États-Unis du Nord.

« Que signifie cela ? demanda l'ingénieur intrigué ; est-ce une bravade ?

— Cela signifie, répondit le lieutenant, que le corsaire, dans le trois-mâts qui vient vers nous, a reconnu un navire américain. Il déploie notre pavillon afin de ne pas effrayer la proie qui s'avance vers lui. C'est là une méchante ruse, monsieur, et, je l'espère, nous la déjouerons tout à l'heure à l'aide de coups de canon qui mettront le trois-mâts sur ses gardes. »

La nuit venait ; le commodore, debout sur la passerelle, donna soudain l'ordre de tirer, et une sèche détonation fit vibrer l'air. Les longues-vues furent aussitôt braquées sur le trois-mâts ; c'était un navire à voiles de forte dimension, probablement chargé de coton. Le coup de canon tiré par le *Fulton* le fit un moment dévier de sa route ; mais le *Davis* tira à son tour. Le trois-mâts, dans cette double détonation, crut probablement à un avis de se rapprocher des deux steamers qui semblaient naviguer de conserve, car il reprit sa route vers eux.

Le commodore, anxieux, furieux, ordonna de lancer quelques boulets dans la direction du *Davis*; il espérait, par cette démonstration hostile, réveiller l'attention du trois-mâts. Mais le navire de commerce, éloigné de deux lieues environ du *Fulton*, ne pouvait déjà plus distinguer ses signaux.

Le commodore ne quitta pas son poste. De temps à autre, il appelait le mécanicien et l'excitait à presser la marche du steamer; celui-ci secouait la tête; on filait de toute la vitesse compatible avec la sûreté du bâtiment, la machine était à sa haute pression. La nuit s'obscurcit, et le *Davis*, peu à peu, se perdit dans les ténèbres.

Le commodore se rendit à l'avant, prêtant l'oreille aux bruits qui venaient de la mer. Soudain un rayon lumineux parut, glissa sur les flots, éclairant au loin l'horizon. Le rayon s'arrêta bientôt sur le *Davis*, qui, aux acclamations de l'équipage du *Fulton*, apparut aussi distinctement qu'en plein soleil.

Le rayon, parcourant de nouveau l'horizon, s'arrêta sur le trois-mâts ; il se trouvait à trois kilomètres environ du *Davis* et venait droit sur lui.

« Qu'est-ce que cela? demanda Vif-Argent. Il n'y a ni lune ni soleil, et...

— La lumière électrique, petit, dit M. Pinson en montrant le haut du grand mât, où se tenaient deux enseignes; décidément ces Américains sont ingénieux, et le *Davis* doit être bien ennuyé. »

C'était réellement un spectacle fantastique que de voir le blanc rayon, parti de la grande hune du *Fulton*, suivre le *Davis* dans tous ses mouvements, le maintenir en pleine lumière, et rendre ses manœuvres aussi visibles que si le soleil l'eût éclairé. A plusieurs reprises, le corsaire tenta de se soustraire à cet éclairage incommode, toujours en vain. Alors il marcha droit vers le trois-mâts, et commença à le canonner.

Surpris de cette agression inattendue, le navire de commerce changea aussitôt de route. Le rayon lumineux, dirigé sur lui, le montra bientôt couvert de débris de voiles et d'agrès. Des fusées incen-

diaires, lancées par le *Davis*, décrivirent alors de
longues courbes et allèrent s'abattre sur le malheureux trois-mâts.

Des cris de fureur retentirent à bord du *Fulton*.

« Faites-nous sauter, s'il le faut, cria le commodore au mécanicien en chef; mais, par le ciel,
monsieur, conduisez-nous à portée de l'ennemi ! »

La canonnade continuait. Une flamme parut soudain à l'avant du trois-mâts, et la mer se teignit
de rouge. Enveloppé de flammes, le navire ne
gouvernait plus et flottait au hasard. Sur son
pont, une dizaine de matelots se hâtaient de
détacher un canot pour le mettre à la mer.

« Ce navire va sombrer, gouvernez sur lui! »
cria le commodore aux timoniers.

Le *Fulton* obéit docilement au gouvernail. Un
silence de mort régnait parmi les matelots; chacun
d'eux, en proie à une anxiété terrible, retenait son
haleine. Peu à peu le trois-mâts s'enfonçait dans
la mer, sa coque s'abaissait graduellement vers
le niveau de l'eau. Le *Davis*, sans cesser de le
canonner, passa derrière lui, et devint invisible
pour le *Fulton*.

Le trois-mâts, continuant à pivoter sur lui-même au hasard, présenta de nouveau son avant. On vit ses matelots disparaître un à un. Soudain un cri d'angoisse sortit de toutes les poitrines, le trois-mâts s'inclinait. Ses tronçons de mâts battirent l'air de droite à gauche et de gauche à droite; puis ils s'enfoncèrent avec lenteur, et le navire incendié disparut sous les flots.

« Voilà donc la guerre! murmura M. Pinson, qui se couvrit les yeux de ses mains; c'est affreux! »

Une obscurité profonde couvrit de nouveau la mer. Un cri de triomphe venu du *Davis* arriva jusqu'aux oreilles de l'équipage du *Fulton*. La lumière électrique fut aussitôt dirigée sur le corsaire; il venait d'arborer le pavillon du Sud.

Le commodore, debout sur la dunette, pressa sa longue-vue avec une force telle qu'il la brisa.

« N'est-il pas terrible, monsieur, dit-il à M. Pinson, de voir commettre de pareilles infamies sans pouvoir les empêcher?

— J'en conviens, répondit l'ingénieur. Mais les matelots du trois-mâts, que sont-ils devenus?

— Je crains qu'ils n'aient pas eu le temps de détacher leur canot, qu'ils n'aient été entraînés dans le tourbillon creusé par le navire qui les portait! »

Le rayon de lumière électrique, promené sur la mer, éclaira en ce moment la petite embarcation; les hommes qui la montaient ramaient avec vigueur et se dirigeaient vers le *Davis*, arrêté pour les attendre.

« Ah! s'écria M. Pinson avec un soupir de soulagement, ces corsaires gardent encore un reste de sentiment humain.

— C'est-à-dire qu'ils recrutent des matelots, répondit le commodore avec humeur. Comprend-on que ces niais, ajouta-t-il en désignant le canot, aillent chercher un refuge à bord de l'ennemi qui vient de les couler? »

Le commodore courut à sa passerelle; le *Fulton* se rapprochait rapidement du *Davis*. Un boulet lancé par ce dernier vint mourir à vingt mètres à peine du steamer. Encore quelques minutes, et l'on serait à bonne portée. Le canot aborda; ses hommes furent enlevés en un instant, et le *Davis* reprit aussitôt sa marche, envoyant au *Fulton* un nouveau cri de triomphe et de défi.

Vers minuit, les deux navires dont la marche

était décidément identique, continuaient à naviguer en quelque sorte de conserve, un peu plus rapprochés que le matin, mais encore trop éloignés l'un de l'autre pour échanger des projectiles. M. Pinson emmena Vif-Argent se coucher. Le petit garçon, encore ému des scènes qu'il avait vues, accabla longtemps son compagnon de questions avant de pouvoir s'endormir. Quant à l'ingénieur, lui aussi chercha longtemps le sommeil.

« Il y a dans notre vie, pensait-il, une part d'imprévu si grande, que rien n'est plus propre à humilier notre raison. Ainsi ce beau trois-mâts qui flottait si majestueusement ce matin est venu, en dépit des signaux du *Fulton*, s'exposer, comme un véritable aveugle, aux coups du *Daris*, qu'il prenait sans doute pour un ami! Parlons-en des amis; je suis payé pour cela. Le plus cher des miens m'arrache de chez moi, me conduit à Liverpool, m'y embarque, et, grâce à lui, me voilà bel et bien en route pour le « pays des serins, » comme dit Vif-Argent; sans compter qu'une bombe du *Daris* a déjà failli mettre fin à mon voyage, et que ce corsaire, sans aucun doute, nous en tient d'autres en réserve. Pendant ce temps, M. Boisjoli,

10

gai, pimpant, satisfait, débarque à New-York
et se promène en terre ferme. Oh ! la terre ferme !
le jour où je la sentirai de nouveau sous mes
pieds!... Ne pensons pas à cela, je me prendrais à
exécrer Boisjoli. »

En dépit de sa résolution, ses aventures, depuis son départ, défilèrent sous les yeux clos de
M. Pinson ; ce ne fut que peu à peu qu'elles devinrent confuses et qu'il s'endormit enfin.

Au point du jour il était debout. Le *Davis*
n'avait point regagné la distance que lui avait
fait perdre son temps d'arrêt, et le *Fulton* le
poursuivait avec plus d'ardeur et d'acharnement
que jamais. M. Pinson alla près de la boussole,
et reconnut alors qu'on avait changé de route.

« Le *Davis* retourne-t-il vers l'Europe ? demanda-t-il au commodore qui arrivait sur le pont.

— Pour cela, il lui faudrait nous passer sur le
corps, répondit l'officier. Non, monsieur, le *Davis*
ne retourne pas vers l'Europe, il nous mène en ce
moment aux îles du Cap-Vert. »

M. Pinson fit une grimace.

« Tu as entendu, petit ? dit-il à Vif-Argent.

— Oui, répondit l'enfant d'un ton désappointé ;

nous ne verrons pas la patrie des serins. Où sont-elles donc, monsieur, ces îles dont parle le commodore ?

— A cinq cents kilomètres du cap auquel elles doivent leur nom, répondit l'ingénieur, lequel cap forme la pointe la plus occidentale de l'Afrique, à l'extrémité de la Sénégambie. Les îles du Cap-Vert ont été découvertes par le Portugais Codomorto.

— Et c'est là que nous allons aborder ?

— Pour le savoir, répondit M. Pinson, il faudrait pouvoir causer avec le commandant du *Davis*, car il est devenu l'arbitre de nos destinées.

— Mais si nous abordons ces îles, débarquerons-nous ?

— Oui, sur mon honneur ! répondit avec véhémence M. Pinson. Quelle que soit la terre que nous abordions, petit, nous y prendrons pied pour regagner l'Europe comme nous pourrons, en dehors des routes maritimes et de leurs règlements, si toutefois la chose est possible.

— Je voudrais bien, monsieur, que ce fût dans le pays des singes, afin de n'être pas venu si loin pour n'avoir vu que le ciel et l'eau. »

En ce moment, le commodore se rapprocha
de ses passagers.

« Le mieux est l'ennemi du bien, monsieur Pinson, dit l'officier; j'ai cru vous avoir servi en vous
prenant à mon bord, un peu contre les règlements,
et me voilà vous conduisant je ne sais où

— Tout a une fin dans ce monde, commodore,
et votre chasse n'échappera pas à cette loi commune; c'est ce qui me console. Sans indiscrétion,
puis-je vous demander quelles sont vos intentions?

— Je n'en ai pas d'autre, pour le moment, que
d'atteindre le *Davis* et de le couler à son tour.

— Mais jusqu'à quand, jusqu'où comptez-vous
le poursuivre?

— Jusqu'au bout du monde, monsieur, s'il le
faut.

— Voilà qui est consolant, se dit M. Pinson.
Les progrès modernes ayant péremptoirement
démontré que le monde n'a pas de bout, me
voilà en mer pour l'éternité. Je me demande, par
instants, si je ne suis pas à bord de ce vaisseau-
fantôme qui trouble le sommeil des matelots et
qu'ils prétendent tous avoir aperçu dans leurs

voyages, fuyant dans la brume ou la tempête. Ainsi, grâce à Boisjoli, me voilà en route pour le bout du monde; n'est-ce pas absurde?

— Baleine à bâbord! » cria la vigie.

M. Pinson, perdu dans ses réflexions, ne prit pas garde à cet avis, que lui traduisait Vif-Argent, qui s'élança pour voir le monstre annoncé.

CHAPITRE XIII

LE BONHOMME TROPIQUE

Sur la surface presque unie de la mer venait d'apparaître, à bâbord du *Fulton*, une masse noirâtre qui, de loin, ressemblait à la coque d'un navire, vue sens dessus dessous. Vif-Argent, déjà grimpé dans les cordages d'un hauban pour mieux observer, vit soudain cette masse se mouvoir, décrire une sorte de courbe, et une queue énorme se montra hors de l'eau. En même temps une insupportable odeur de marée empesta l'atmosphère.

Pendant deux ou trois minutes, l'onde demeura immobile ; soudain elle bouillonna, l'extrémité d'un museau gigantesque apparut, et deux jets d'eau salée, lancés à une hauteur de deux mètres environ, retombèrent en pluie fine, presque vaporisée. Au même instant, un corps bleuâtre surgit à demi de la mer pour s'y replonger aussitôt.

« Est-ce une vraie baleine, monsieur? demanda Vif-Argent à M. Pinson, qui venait de le rejoindre.

— Ce n'est qu'un de ses parents, petit, le grand cachalot, que les savants nomment *physeter macrocephalus*.

— Ce doit être le plus gros des poissons ; il m'a paru aussi long que notre chaloupe.

— Avec la baleine, il est en effet le géant des habitants de la mer. Seulement le cachalot n'est pas plus un poisson que la baleine, le narval, le dauphin, le marsouin ou le baleinoptère, qui tous sont des mammifères cétacés.

— Comment! ces bêtes, qui vivent dans l'eau, ne sont pas des poissons? s'écria l'enfant surpris.

— Elles vivent dans l'eau, reprit M. Pinson, à la condition de venir respirer à sa surface, de dix minutes en dix minutes, comme tu vas le voir tout à l'heure. En outre, ces bêtes ont le sang chaud, tandis que les poissons sont des animaux à sang froid.

— Et ce cachalot, de quoi vit-il?

— Il est carnivore, et d'une voracité qui ne le

cède qu'à celle du requin ; il se nourrit de poissons, de coquillages, et te croquerait à l'occasion. »

Vif-Argent, instinctivement, se cramponna plus
fort aux cordages.

« J'avais entendu dire, reprit-il, que la baleine
ne sait même pas se défendre.

— C'est vrai ; elle n'a point de dents d'abord,
mais des fanons, et, en dépit de sa taille, elle est
si craintive, si timide, qu'un oiseau qui plane au-
dessus d'elle suffit pour la mettre en fuite. Elle ne
devient redoutable que par amour maternel, alors
qu'elle défend les petits qu'elle allaite. Quant
au cachalot, c'est une autre affaire. »

L'idée d'une baleine allaitant ses petits fit beaucoup rire Vif-Argent ; il crut d'abord à une plaisanterie de son professeur.

« Je ne plaisante en aucune façon, reprit
l'ingénieur ; et les baleiniers connaissent si bien
l'amour de la baleine pour ses enfants, qu'ils
attaquent souvent ces derniers, bien qu'ils leur
soient inutiles, sachant que la mère se fera tuer
plutôt que de les abandonner.

— Pauvres baleines ! dit Vif-Argent, ce serait
bien plutôt le cas de les laisser tranquilles »

Le cachalot reparut. De même que la première fois, il sortit à moitié de l'eau, puis plongea en laissant de nouveau l'air empesté.

« Les matelots, monsieur, reprit Vif-Argent, disent que la tête de ce pois... de ce mammifère, veux-je dire, est aussi grosse que son corps et qu'elle renferme du blanc de baleine avec lequel on fait des bougies. Est-ce vrai ?

— C'est vrai, petit.

— Ils disent aussi que son corps renferme de l'ambre gris ; qu'est-ce que l'ambre gris ?

— Une matière grasse que l'on considère comme une sécrétion de l'estomac du cachalot. L'ambre gris flotte parfois à la surface de la mer ; il possède une odeur musquée qui le fait employer par les parfumeurs. »

Cinq ou six nouveaux cachalots se montrèrent au loin, bondissant au-dessus de l'eau, se poursuivant comme s'ils jouaient entre eux. Vif-Argent n'apprit pas sans étonnement que ces gigantesques animaux voyagent souvent par troupes composées de deux ou trois cents individus.

« Un fait assez étrange, lui dit encore son professeur, c'est que les baleines, auxquelles les

hommes font depuis des siècles une guerre si
acharnée qu'ils les ont détruites par milliers, sont
très mal connues des naturalistes, qui, pendant
longtemps, ont confondu entre elles des espèces
bien différentes. Aujourd'hui, grâce aux progrès de
la science, on ne compte pas moins de quatre-vingts
espèces de baleines, dont plusieurs sont encore à
étudier. Presque tous ces mammifères habitent les
mers polaires; sans cesse pourchassés, ils se réfu-
gient de plus en plus dans les régions inaborda-
bles de ce pôle nord que les marins rêvent de
découvrir. »

Les cachalots furent bientôt laissés en arrière
par le *Fulton*, au grand dépit de Vif-Argent, qui
espérait toujours voir un de ces monstres s'élancer
hors de l'eau et se montrer tout entier. Vers le soir,
on navigua parmi des bandes de marsouins qui
vinrent familièrement se ranger sur les flancs et
à l'avant du steamer, comme s'ils voulaient lutter
avec lui de vitesse. Vif-Argent put examiner à son
aise ces petits cétacés, et accabla de questions
M. Pinson.

« Les marsouins, dit l'ingénieur, sont des cétacés piscivores, c'est-à-dire qu'ils se nourrissent de

poissons. Ces animaux informes, respirant en quelque sorte l'air au milieu des eaux, sans être pour cela amphibies, ont longtemps intrigué les naturalistes, qui ne savaient quelle place leur assigner dans leurs classifications. La famille des marsouins, ou dauphins, est plus nombreuse encore que celle des baleines ; on les rencontre dans toutes les mers et sous toutes les latitudes. »

Sur ces entrefaites, les matelots placés à l'avant du *Fulton* se mirent à siffler de vieux airs anglais en se penchant au-dessus de l'eau.

M. Pinson se prit à rire.

« Dans l'antiquité, dit l'ingénieur à son petit compagnon, surpris de cette gaieté subite, on croyait les dauphins grands amateurs de musique. La croyance, je le vois, est encore vivante. J'avais souvent entendu répéter que, dans leurs longues traversées, les matelots se plaisent à voir les marsouins naviguer de conserve avec eux, et qu'ils cherchent à les retenir près de leur bord en sifflant ; ces récits ne sont point des contes, je le reconnais maintenant.

— Les dauphins aiment-ils véritablement la musique? demanda Vif-Argent.

— Pas le moins du monde ; c'est leur humeur
joyeuse, leur activité qui les attire près des navires,
et non l'harmonie, pour laquelle leurs oreilles ne
sont pas construites.

— Oh! monsieur, en voilà deux tout petits
qui se tiennent collés contre ces deux gros.

— Ils se pressent contre leur mère et s'apprêtent
à sucer son lait, un lait de couleur bleue. »

Vif-Argent ouvrit de grands yeux, et M. Pinson
dut lui répéter par deux fois que le lait du dauphin
est réellement bleu pour qu'il le crût.

Le soleil se coucha radieux dans une brume
d'or ; le *Davis*, toujours fuyant, apparut alors
comme embrasé. Cette vue rappela aux matelots
du *Fulton* les navires incendiés sous leurs yeux
par le corsaire, et chacun d'eux, le menaçant du
poing, lui souhaita le sort cruel qu'il avait infligé
à ses inoffensifs ennemis.

La nuit vint, déjà tiède, car on marchait avec
vitesse vers l'équateur, et, bien qu'on fût au
commencement du mois de mars, on ressentait la
température du mois de mai. M. Pinson savait que
le *Davis* avait de nouveau modifié sa route, qu'il
voguait maintenant vers les îles Vierges, et il se

demandait une fois de plus où s'arrêterait son voyage forcé.

Pendant trois jours encore, sans que rien vînt varier la monotonie de la chasse entreprise par le *Fulton*, il continua d'avancer vers les îles Vierges. Au lieu du mauvais temps souhaité par le commodore, qui espérait toujours que son navire prendrait alors une supériorité de vitesse sur le *Davis*, le soleil, rayonnant et brûlant, décrivait sa courbe apparente sur un ciel d'azur profond. Vif-Argent remarqua avec surprise les changements de température qui s'opéraient si rapidement, et il avait peine à croire, comme le lui affirmait M. Pinson, que le *Fulton* se trouvât à la hauteur des pays où règne un printemps éternel, et que, si l'on abordait la terre, on la trouverait couverte de palmiers, de bananiers, de lataniers, et non plus de chênes et de bouleaux.

Que de tristes heures passa l'ingénieur assis sur la dunette, regardant au loin s'étendre la mer, et la fumée du *Davis* tracer un sillon noir sur le ciel resplendissant! M. Pinson, malgré lui, comptait et recomptait les heures et les jours écoulés depuis son départ du *Canada*. S'il eût suivi

les conseils de Boisjoli, non seulement il aurait
vu New-York, mais il serait déjà en route pour
l'Europe. Au lieu de cela, il était entraîné malgré
lui vers des contrées inconnues, et sa destinée
se trouvait soumise au bon plaisir d'un corsaire
qui, ainsi que le disait le commodore, semblait
d'humeur à exécuter le tour du monde.

Vif-Argent, par bonheur pour lui, échappait
aux cruelles préoccupations de M. Pinson. Bien
que la vie de bord lui parût un peu monotone,
l'enfant en prenait son parti. Il aimait à se poster
à l'avant, à laisser ses regards plonger au fond
de l'eau transparente. Il se faisait raconter leur
histoire par les matelots et admirait naïvement
ces hommes qui, d'après leurs récits, avaient vu
des tigres, des lions, des singes se promener libre-
ment dans les forêts.

Le soir, quand la brise venait à souffler, Vif-
Argent, toujours à son poste de prédilection, regardait la proue du *Fulton* fendre les flots, les
consteller d'étincelles phosphorescentes. Il savait
grâce à M. Pinson, que ces étincelles sont pro-
duites par des milliers d'infusoires, ces infini-
ment petits dont l'existence n'a été révélée

l'homme que grâce à la découverte du micro-
scope.

La chaleur s'accrut bientôt dans de telles proportions, qu'en dépit des manches à vent établies
pour rafraîchir l'intérieur du *Fulton*, il devint
pénible de se tenir sous le pont. Aussi, à peine
réveillés, M. Pinson et Vif-Argent s'empressaient-
ils de se rendre sur la dunette. Un beau matin,
l'enfant se frotta les yeux croyant rêver : le *Fulton*
semblait courir sur une prairie d'un vert pâle,
émaillée de fleurs rouges et bleues.

« Sommes-nous donc à terre? s'écria-t-il.

— Non, par malheur, répondit M. Pinson, nous
traversons simplement un banc de *raisins des tropiques,* plante que les botanistes nomment *fucus
natans.* Ces varechs effrayèrent plusieurs fois les
compagnons de Christophe Colomb, qui, dans
leur ignorance, croyaient naviguer sur une terre
liquide.

— Mais les fleurs rouges et bleues que voilà
là-bas, que sont-elles en réalité?

— Des méduses, petit, animaux de la classe
des zoophytes, dont le corps est une simple masse
gélatineuse. Les marins les nomment *orties de*

mer, parce que ces êtres étranges sécrètent un
liquide corrosif. »

Cette journée et la suivante, on traversa de loin
en loin des bancs de raisins de mer, et Vif-Argent
ne cessa guère de regarder par-dessus le bord.
On était au 14 mars; M. Pinson songeait avec
amertume qu'il y avait un mois qu'il naviguait
loin de son appartement de la rue Nollet, et seize
jours qu'il demeurait à bord du *Fulton*. Que de
tristesse dans ces souvenirs, et que de fois l'ingénieur se surprit à maudire Boisjoli, cause pourtant
involontaire de son incroyable aventure !

Un matin, au moment où M. Pinson et Vif-Argent
se disposaient selon leur habitude à gagner le pont,
ils furent retenus par le lieutenant.

« On est en train de faire la grande toilette du
Fulton, dit l'officier, et la dunette elle-même n'est
pas tenable. Demeurez donc ici durant une demi-
heure si vous ne voulez pas être éclaboussés. »

M. Pinson prit un livre, et Vif-Argent, au lieu
d'étudier près de la boussole, sa place favorite,
s'établit devant la table des officiers.

Vers neuf heures, un mousse, les cheveux frisés,
vêtu d'une longue robe blanche taillée dans une

toile à voiles, vint aviser M. Pinson que non seulement il pouvait monter sur le pont, mais qu'une nombreuse société l'y attendait après l'avoir fait demander. Le cœur de l'ingénieur se mit à battre avec violence. Allait-on aborder? était-ce pour lui ménager cette agréable surprise que le lieutenant l'avait en quelque sorte consigné dans le grand salon? Il s'élança dehors, s'arrêta et murmura :

« Prodigieux ! »

En face de lui, sur une haute estrade recouverte d'un tapis et simulant un trône, se tenait assis, le visage couvert d'une longue barbe d'étoupe, un homme vêtu d'une robe ornée de guirlandes de varech. Le front ceint d'une couronne dorée, il s'appuyait avec majesté sur un trident. Autour de lui se tenait un groupe de matelots armés de coquillages dans lesquels ils feignaient de souffler comme dans des trompes. Bientôt les sons d'un violon se firent entendre, et une dame, pourvue d'une moustache noire, le front également ceint d'une couronne dorée, s'avança vers l'estrade en gambadant, tandis que des mousses, nus jusqu'à la ceinture et enguirlandés de la tête aux pieds de raisins des tropiques, la suivaient en se

bousculant. Arrivée devant l'estrade, la dame
salua, et des cris de : « Vivent Neptune et Amphitrite! » résonnèrent à bord du *Fulton*, tandis que
le violon raclait l'air national, *Yankee Doodle*.

M. Pinson, stupéfait de ce spectacle, demeurait
bouche béante et regardait les officiers, qui conser-
vaient un imperturbable sérieux. Quant à Vif-Argent,
il se pressa instinctivement contre l'ingénieur.

Un matelot, s'approchant alors des deux passagers, les somma, au nom de *Bonhomme Tropique*
de comparaître devant son trône, afin de répondre
à ses questions et de justifier leur présence à bord.

A cette demande, que lui traduisit Vif-Argent,
un éclair subit traversa l'esprit de M. Pinson. Le
Fulton se trouvait près de la ligne équinoxiale, e
les matelots s'apprêtaient à baptiser les voyageurs
qui allaient dépasser cette ligne pour la première
fois.

L'ingénieur fut interrogé sur son âge, ses habi-
tudes, et les causes de sa présence à bord du *Fulton*

« Dieu m'est témoin, seigneur, répondit-il ave
gaieté au Bonhomme Tropique, que c'est bien
contre mon gré que je franchis en ce moment
les frontières de vos États! S'il ne tenait qu'à moi

chaque tour de l'hélice du *Fulton* me rapprocherait
de cette vieille Europe que votre commodore considère comme beaucoup plus jeune que l'Amérique. »

Vif-Argent, chargé de traduire les demandes
et les réponses, le faisait avec le plus grand sérieux,
ne devinant pas encore que cette mascarade n'était
qu'un jeu. Le pauvre petit se croyait devant un
tribunal chargé de juger son escapade; cependant,
les réponses de M. Pinson le rassuraient un peu.
Néanmoins, quand il eut à parler pour son propre
compte, il supplia ses juges de ne pas le châtier,
promettant de ne plus jamais s'embarquer sans
permission. Madame Amphitrite le tranquillisa par
de bonnes paroles, et déclara que les sentiments de
douceur inhérents à son sexe l'obligeaient à plaider
la cause du petit voyageur. Cette belle dame à
l'épaisse moustache intriguait beaucoup Vif-Argent,
qui croyait reconnaître en elle un des matelots avec
lesquels il aimait à causer.

M. Pinson ayant déposé, à titre de tribut, une
petite somme d'argent dans la tirelire que lui présenta un triton improvisé, fut invité à monter sur
l'estrade avec son petit compagnon, afin de rece-

voir du Bonhomme Tropique lui-même l'autorisation
signée et paraphée de naviguer dans son empire.
Le souverain et la souveraine se rangèrent courtoi-
sement pour faire place à l'ingénieur et à son petit
compagnon ; ils les forcèrent même à s'asseoir sur
leur trône. Alors le violon, secondé par les sons
d'un fifre et d'un tambour, résonna bruyamment.
Le Bonhomme Tropique présenta sa main avec
galanterie à sa compagne, qui, armée d'un éventail,
se livrait à cent minauderies grotesques. Les deux
époux descendirent majestueusement les degrés de
l'estrade; ils arrivaient à peine au bas que celle-ci,
basculant à l'improviste, précipitait M. Pinson et
Vif-Argent dans un baquet rempli d'eau.

CHAPITRE XIV

LES ILES VIERGES

Au moment où l'estrade s'écroula et le précipita dans le baquet plein d'eau traîtreusement dissimulé sous le tapis qui le recouvrait, M. Pinson expliquait à Vif-Argent la cause de la mascarade dont les différentes scènes intriguaient l'enfant outre mesure. Il s'agissait là d'une fête chère aux matelots, qui, dans les longues traversées auxquelles les oblige leur rude et périlleux métier, ont bien peu d'occasions de se divertir. Cette mascarade, un bain forcé en devenait d'ordinaire la conséquence. M. Pinson en était là de son explication lorsque sa chute démontra, par un exemple pratique, la véracité de ses paroles.

Revenus de la surprise que leur causa leur dégringolade, et prenant leur mésaventure avec gaieté, M. Pinson et Vif-Argent sortirent ruisselants du

baquet et furent aussitôt assaillis par trois jets
de pompes et le contenu de vingt seaux d'eau.
Alerte et vigoureux, l'ingénieur, du rôle de victime,
passa vite à celui d'agresseur. Il réussit à conquérir
un seau, et rendit aspersion pour aspersion. Bientôt
ce fut à bord une lutte générale entremêlée de fous
rires. Vif-Argent ne resta pas en arrière; armé
d'un tuyau de pompe, il grimpa sur la passerelle
et aspergea amplement ceux qui l'avaient aspergé.
Le coup de sifflet impérieux d'un contre-maître mit
brusquement fin à ce conflit hydraulique. L'équipage rentra dans le calme, la sévérité de la disci-
pline reprit ses droits. Mais M. Pinson, trempé
jusqu'aux os, dut faire l'achat de vêtements pour
lui et Vif-Argent, car l'un et l'autre ne possédaient
que ceux qu'ils avaient sur le corps. Par bonheur,
on trouva ce dont on avait besoin dans la garde-
robe d'un mousse et d'un matelot, et M. Pinson se
promena bientôt sur le pont en vareuse et en
chapeau goudronné.

La scène qui avait égayé le *Fulton* se répétait
à bord du *Davis*, car on entendait glisser sur la
mer les sons d'un tambour et d'un violon criard.
Ainsi ces hommes, qu'un hasard du vent pouvait

rapprocher et mettre aux prises dans une lutte sanglante, se livraient aux mêmes folies divertissantes. Comme le remarqua M. Pinson, la vie est pleine de ces contrastes étranges; la nature humaine, pour conserver son équilibre, a besoin d'alternatives de joie et de tristesse.

Vers onze heures et demie, l'ordre habituel régnait à bord du *Fulton*. Le commodore et ses officiers, armés de sextants, prenaient la hauteur du soleil. Cette opération intriguait toujours Vif-Argent, qui, cette fois, interrogea M. Pinson sur la signification des mots méridien, latitude, longitude, qu'il entendait sans cesse répéter à l'heure où l'on prenait le point.

« Voyons, petit, lui dit l'ingénieur, tu sais que la terre est ronde ?

— Oui, répondit Vif-Argent, vous me l'avez même démontré l'autre jour en me faisant remarquer que nous apercevions le haut des mâts d'un navire avant de voir sa coque.

— Tu sais également que, pivotant sur son axe dont les extrémités sont les deux pôles, la terre, outre son mouvement autour du soleil en 365 jours, tourne sur elle-même en 24 heures.

— Oui, monsieur, vous me l'avez déjà dit, en m'expliquant que cet axe peut se comparer à l'essieu d'une voiture ; il reste immobile alors que les roues tournent.

— Parfait ! Eh bien, perpendiculairement à cet axe ou essieu, les hommes ont tracé un grand cercle qui, situé à égale distance des pôles, divise notre globe en deux parties égales. L'une de ces parties se nomme *hémisphère boréal* ou nord, l'autre *hémisphère austral* ou sud. Le grand cercle est l'équateur que les marins nomment la *ligne*.

— Je comprends cela.

— Le méridien terrestre, à son tour, est un cercle qui, passant par l'axe de la terre et les deux pôles, est perpendiculaire à l'équateur. Chaque méridien partage la terre en deux nouveaux hémisphères, l'un dit oriental, l'autre occidental. Il y a 180 méridiens dans chaque hémisphère, total 360.

— Je comprends encore cela, dit Vif-Argent.

— Maintenant, les tropiques sont deux cercles parallèles, situés l'un au nord et l'autre au sud de l'équateur, cercles que le soleil ne dépasse pas dans sa route apparente et annuelle autour de la terre. Le tropique du nord s'appelle *tropique du*

Cancer, c'est celui que nous venons de franchir ; celui du sud se nomme *tropique du Capricorne*. Tropique signifie retour, parce que le soleil, arrivé au tropique du Cancer, semble cesser de monter pour commencer à redescendre. »

Vif-Argent, les yeux grands ouverts et fixés sur le visage de son interlocuteur, l'écoutait avec une attention profonde. M. Pinson remarqua un peu d'indécision sur les traits de l'enfant, et, pour rendre ses démonstrations plus claires, dessina les lignes dont il parlait et rendit ainsi ses explications palpables.

« Maintenant, continua l'ingénieur, la longitude d'un lieu est l'arc de l'équateur ou d'un parallèle quelconque, compris entre les méridiens passant par ce lieu et un autre méridien choisi arbitrairement. On mesure la longitude des différents lieux du globe par la différence de leurs heures, que l'on multiplie par 15 degrés, attendu que le soleil, dans la course qu'il semble faire chaque jour, parcourt 360 degrés en 24 heures, et 15 en une heure. Pour arriver à un calcul exact, les marins possèdent un chronomètre qui marque l'heure de leur méridien national. Ainsi, en ce moment, il est midi ici, tandis

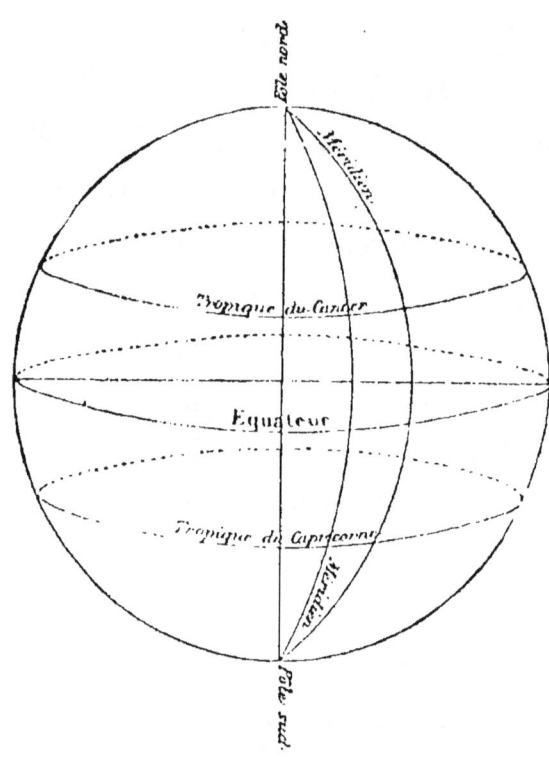

que leur chronomètre marque qu'il est trois heures
à Paris ; nous sommes donc de trois heures en retard
sur le méridien de Paris ; or 3 fois 15° donnent
45° ; il en résulte que le *Fulton* se trouve à 45°
de longitude occidentale de Paris.

— Je comprends, dit l'enfant après avoir de
nouveau regardé la figure géométrique dessinée par
son ami.

— La latitude d'un lieu, reprit M. Pinson, est
l'arc du méridien compris entre le parallèle passant

par ce lieu et l'équateur ; elle se mesure par l'élévation du pôle céleste au-dessus de ce lieu. La
connaissance de la latitude et de la longitude est
de la plus grande importance en géographie, et il
n'est plus permis d'ignorer comment on les obtient.
Ainsi, petit, c'est grâce à cette connaissance que
le commodore peut chaque jour, à midi, nous dire
sur quel point précis du globe nous naviguons.

— J'avais toujours cru, dit Vif-Argent, que les
marins trouvaient leur route à l'aide de la boussole.

— La boussole les aide à marcher droit sur la
surface uniforme des eaux ; elle est un jalon, rien
de plus, car elle leur indique le nord et nullement
les distances. Ce n'est que par la connaissance
exacte de la longitude et de la latitude qu'ils peuvent
conduire leurs navires au point qu'ils veulent
atteindre. »

Le surlendemain, c'est-à-dire le 20 avril, le commodore, après avoir pris la hauteur du méridien,
fait ses calculs et consulté le baromètre, reparut sur
le pont en se frottant les mains.

« Quelle bonne nouvelle vous égaye, monsieur ?
lui demanda M. Pinson.

— Le baromètre baisse enfin, répondit l'officier.

et, d'ici à ce soir, nous aurons à supporter quelque bonne bourrasque qui nous rapprochera du *Davis*.

— Que Dieu vous entende! s'écria l'ingénieur; je suis de ma nature un homme pacifique; néanmoins je prendrais volontiers part à un combat qui aurait pour résultat d'endommager le *Davis* d'une façon assez sérieuse pour l'obliger à relâcher.

— C'est ce qu'il cherche à faire, le misérable bandit; mais j'espère bien me mettre en travers de sa route.

— Que voulez-vous dire ?

— Que d'ici à peu d'heures nous verrons les îles Vierges; que le corsaire, dont la provision de charbon commence à s'épuiser, cherchera selon toute évidence à gagner le port de Saint-Thomas pour s'y ravitailler à l'abri de nos coups. »

Le commodore achevait à peine de parler, qu'une vigie signalait la terre. M. Pinson, comme au moment où il avait espéré aborder en Angleterre, aperçut un nuage bleuâtre au-dessus de l'eau. Vif-Argent, ayant entendu dire que la côte que l'on apercevait faisait partie de l'Amérique, eut peine à dissimuler la joie que lui causa cette nouvelle. Il allait donc enfin voir un des merveilleux pays visités par le grand Robinson.

« Que sont au juste les îles Vierges, monsieur? demanda-t-il à M. Pinson ; sont-elles grandes?

— Les îles Vierges, répondit l'ingénieur, ont été découvertes en 1493 par Christophe Colomb. Elles sont au nombre de quarante, sans compter une multitude d'îlots semés entre elles. La principale, Saint-Thomas, appartient aux Danois. C'est un immense rocher, long de douze kilomètres et large de trois, dont ses possesseurs ont fait un port franc.

— Et ces îles Vierges sont-elles habitées?

— Quelques-unes seulement, car elles manquent d'eau douce et sont exposées à de fréquents ouragans. »

Bientôt Vif-Argent fut absorbé par l'examen des manœuvres du *Davis* et du *Fulton*. De gros nuages noirs apparaissaient à l'horizon ; le vent soufflait avec force, et la mer, si calme depuis quinze jours, commençait à onduler. Les vagues se formaient, selon l'expression des matelots, et le commodore continuait à se frotter les mains en voyant l'écume de la mer fouetter les flancs de son navire, rejaillir jusque sur le pont.

Selon la prévision de l'officier, le *Fulton*, au
milieu des vagues tourbillonnantes, se conduisait
en brave bateau. Il devint bientôt visible qu'il
gagnait du terrain sur l'adversaire qu'il poursuivait
avec tant d'ardeur depuis plus de deux semaines.
Le vent devenait à chaque instant plus fort et, par
conséquent, la mer plus agitée. On voyait le *Davis*
monter, descendre, se pencher comme s'il allait
s'abîmer sous les flots. Cette vue surprenait Vif-
Argent, qui ne pouvait se persuader que le *Fulton*
exécutait, à peu de chose près, les mêmes ascen-
sions et les mêmes descentes. Quant à M. Pinson,
en voyant cette simple coque de bois danser devant
lui, il admirait la hardiesse des hommes qui osent
braver les éléments sur de si fragiles soutiens.

On se rapprochait de terre avec vitesse, et les
palmiers qui couronnent le sommet de l'île de
Saint-Thomas devenaient visibles. La vue de ces
arbres, dont la silhouette se découpait sur le ciel,
surprenait Vif-Argent, qui multipliait ses questions.
Mais M. Pinson ne lui répondait guère; l'ingénieur
était tout aux manœuvres du *Fulton*, qui, cessant
soudain de marcher sur les traces du *Davis*, se
dirigea vers la terre. Que signifiait cela? Quoi! c'était

au moment où son navire semblait devoir atteindre l'ennemi que le commodore paraissait renoncer à le poursuivre ? L'ingénieur se perdait en conjectures.

Bientôt les forts qui couronnent les hauteurs de Saint-Thomas devinrent visibles à l'œil nu. Vif-Argent, armé d'une longue-vue, distinguait les canons, les sentinelles, et sautait de joie.

« Où est donc le port ? demanda-t-il à un matelot. Je ne vois aucune maison.

— Le port est situé au fond d'une rade qu'abritent les deux pointes de rocher qui sont devant vous, lui répondit le marin ; on ne le voit qu'en pénétrant dans le canal formé par ces pointes.

— Et il y a là une ville ?

— Une ville de 10,000 âmes. Elle est construite sur le revers d'une montagne presque à pic ; aussi ses rues, à l'exception de la principale, qui longe la mer, ne sont-elles accessibles que par des escaliers.

— Eh bien, petit, dit en ce moment M. Pinson, notre voyage touche donc enfin à son terme !

— Nous allons débarquer ?

— Je l'espère bien. Saint-Thomas est le port

où les steamers qui font le service entre l'Europe
et l'Amérique du Sud viennent renouveler leur provision de charbon ; aussi ne tarderons-nous guère
à nous embarquer pour la France ou l'Angleterre.

— Ne dirait-on pas, monsieur, que le *Davis* est
arrêté ?

— Oui, le commodore vient de m'expliquer
ses manœuvres. Profitant de la supériorité de
marche de son navire, il s'est avancé de façon
à barrer le passage au *Davis,* qui comptait se
réfugier dans le port. Seulement, le *Davis* ne
paraît nullement pressé de se mesurer avec le
Fulton, et il va essayer de se rapprocher assez de
l'île pour être dans les eaux du Danemark.

— Dans les eaux du Danemark ? répéta Vif-
Argent.

— Oui, petit ; les conventions internationales
ont établi qu'en temps de guerre deux navires
étrangers ne peuvent s'assaillir à une distance
de deux kilomètres des côtes d'un pays neutre,
cette bande de deux kilomètres étant considérée
comme faisant partie du territoire qu'elle baigne.

— Alors le *Fulton* ne pourrait plus attaquer le
Davis si ce dernier avançait jusqu'ici ?

— Non, sans une violation du territoire danois. »

Le *Davis* avait repris sa marche et se dirigeait vers la pointe sud de l'île. Aussitôt le *Fulton* courut vers ce point et devança son adversaire. Le *Davis* rebroussa chemin ; puis, ayant atteint la hauteur du chenal qui conduisait dans la rade, il mit le cap sur l'étroit passage. Mais la mer agitée semblait prêter des ailes au *Fulton*, et il arriva encore à temps pour barrer la route au corsaire. Les deux steamers échangèrent alors plusieurs coups de canon le *Davis*, sentant qu'il serait écrasé s'il se tenait à portée de son formidable antagoniste, le dérouta plusieurs fois en virant de bord à l'improviste. Il y eut là une série d'habiles manœuvres, qui arrachèrent au commodore quelques compliments.

« Celui qui commande ce bateau sait son métier, dit-il en grommelant ; ce doit être un Américain du Nord. »

M. Pinson sourit. Il espérait que le capitaine du *Davis*, grâce à l'habileté que lui reconnaissait son ennemi, réussirait enfin à forcer le blocus du *Fulton* et à pénétrer dans le port. Soudain le corsaire reprit la haute mer et parut se diriger vers l'Eu-

rope. Le *Fulton* se contenta de louvoyer le long de
l'île.

« Il retourne en arrière et va vous échapper,
dit involontairement l'ingénieur au commodore.

— Non pas, reprit celui-ci, le drôle essaye
d'une ruse qui pourrait réussir avec un Français ou
un Anglais, non avec moi. Le *Davis*, monsieur,
est comme nous à court de charbon, et il ne pourrait regagner l'Europe qu'à la voile. Il lui faut à
tout prix entrer à Saint-Thomas ou gagner Saint-
Dominique. Or, si le mauvais temps continue à
nous favoriser, il n'atteindra ce point qu'après avoir
expérimenté la solidité de nos boulets. »

M. Pinson ne répondit pas ; la joie que lui
causaient ces nouvelles le suffoquait. Ainsi il tou-
chait enfin au terme de son étrange voyage. Les
deux steamers, faute de combustible, devaient
forcément relâcher sous peu d'heures, le commodore l'avouait, et l'ingénieur était tenté de l'embrasser pour cette bonne nouvelle.

La nuit vint ; en dépit du mauvais temps, le
Fulton réussit à maintenir le *Davis* sous les rayons
de son appareil électrique. Vingt fois le corsaire
essaya de se rapprocher du chenal, vingt fois il

fut repoussé à coups de canon. Il rendit coup pour coup, et plusieurs matelots furent blessés; mais, dans ses évolutions, le corsaire évitait de se laisser aborder par son adversaire, qui, s'il avait pu le prendre corps à corps, l'eût écrasé en quelques minutes.

Vers dix heures du soir le vent tomba, le ciel apparut plein d'étoiles et les flots se calmèrent peu à peu. Ce ne fut qu'à minuit que M. Pinson se décida à gagner son lit, avec la confiance qu'il débarquerait le jour suivant. A cinq heures du matin, l'ingénieur, surpris de sentir le *Fulton* en marche, se hâta de s'habiller et de se rendre sur la dunette. L'île Saint-Thomas avait disparu; à sa place se dressaient une multitude d'îlots contre lesquels la mer déferlait avec rage. Le *Davis*, éloigné de trois kilomètres environ, semblait naviguer au milieu des récifs, et une chaloupe, encore pourvue de sa voile, flottait au hasard de la brise à moins de deux cents mètres du *Fulton*.

CHAPITRE XV

UN HOMME A LA MER

M. Pinson n'en pouvait croire ses yeux.

« Prodigieux ! » murmura-t-il. Puis, regardant autour de lui, il chercha quelqu'un qu'il pût interroger, ne comprenant rien à ce qu'il voyait.

Le commodore, son lieutenant et le mécanicien en chef se tenaient debout sur la passerelle ; deux enseignes, attentifs à leurs ordres, les recueillaient pour les transmettre aux hommes chargés de la manœuvre du gouvernail. De son agitation de la veille, la mer conservait une forte houle, et le *Fulton* s'élevait, s'inclinait, s'abaissait, jouet des montagnes liquides qui assaillaient son avant.

« Que s'est-il passé ? que se passe-t-il ? demanda l'ingénieur à Vif-Argent, qui, après une visite à la proue, remontait avec lenteur sur la dunette.

— Les matelots, répondit l'enfant, viennent de

me raconter que le *Davis*, convaincu qu'il ne pourrait entrer dans la rade de Saint-Thomas, s'est décidé à regagner la haute mer. Le commodore a cru d'abord à une ruse, et il l'a laissé prendre un peu d'avance; mais, quand il a vu que le *Davis* s'en allait pour de vrai, il s'est remis à sa poursuite.

— Où sommes-nous?

— En face des récifs qui séparent les îles Vierges les unes des autres.

— Et cette chaloupe qui, sans équipage, vogue au hasard du vent, appartient-elle au *Davis*?

— Cette chaloupe est celle d'un pilote que le *Davis* vient de prendre à son bord. »

M. Pinson cessa d'interroger son petit compagnon; la voix brève du commodore résonnait. C'est un lourd fardeau que celui de commandant d'un navire de guerre, et l'on exige de celui qui l'accepte une connaissance approfondie de la mer, des vents et de leurs caprices, un sang-froid à toute épreuve, un coup d'œil sûr, une grande rapidité de décision. La vie de plusieurs centaines d'hommes dépend souvent des manœuvres qu'il commande, et, aux yeux de la nation, il est responsable du navire qu'on lui a confié. Ce navire,

12

il doit connaître ses allures, ses qualités, ses défauts, ses façons de se comporter par tous les temps, comme le cavalier doit connaître le cheval qu'il est chargé de dresser ou de guider. Tel bâtiment, lourd dans les temps calmes, devient léger, rapide, lorsqu'il lutte contre les vagues ameutées. Tel autre obéit au gouvernail avec lenteur, ou se cabre en quelque sorte sous ce frein puissant, et s'élance avec ardeur vers le point qu'il faut atteindre. Le commodore naviguait depuis cinq ans sur le *Fulton*; aussi le connaissait-il par cœur, et il avait dans son équipage une confiance que celui-ci lui rendait.

Le *Davis*, à peine engagé parmi les récifs, hissa son pavillon en manière de bravade, et un hourra moqueur, glissant sur les flots, arriva jusqu'au *Fulton*.

« Arborez notre pavillon, monsieur! cria le commodore à un contre-maître, et toi, garçon, ajouta-t-il en se tournant vers un artilleur, fais feu de ta pièce pour le saluer! »

Le drapeau étoilé flotta bientôt, et un coup de canon, dont le boulet alla mourir à dix mètres du *Davis*, résonna sec et clair.

« Gouvernez plus au nord! » cria le commodore aux timoniers.

Le *Fulton*, s'inclinant, se dirigea vers les récifs. Les ordres se multiplièrent, et, dix minutes plus tard, le grand steamer s'engageait à son tour dans la passe suivie par son ennemi, aux acclamations prolongées de son équipage.

« Voilà qui est bien, dit M. Pinson à Vif-Argent; seulement, reste à savoir où nous conduira cette témérité.

— Marchons-nous vers un port? demanda l'enfant.

— Pas le moins du monde, petit; tous ces îlots sont déserts et inhospitaliers.

— Déserts! dit Vif-Argent; on y voit pourtant de l'herbe et des arbres; celui vers lequel nous avançons est une vraie île.

— Oui, tu as raison, et je n'oserais répondre que cette vraie île ne deviendra pas notre séjour d'ici à peu; car, outre les îlots contre lesquels nous voyons la mer écumer, plus d'un autre doit se cacher sous les flots. Cela n'améliorerait pas beaucoup notre position de posséder ici maître Boisjoli; mais je l'inviterais volontiers à participer aux émotions que je lui dois. »

Vif-Argent, les yeux brillants, regardait les flots dont le *Fulton*, suivant la route précise que lui traçait le *Davis*, passait parfois à moins de cinq cents mètres. Au fond, il ne redoutait qu'à demi un naufrage; sachant nager, il se croyait certain, en cas de malheur, de pouvoir gagner une des plages au milieu desquelles il naviguait. En apparaissait-il une couverte d'un bouquet de bois, aussitôt l'enfant la contemplait avec amour; il lui semblait qu'elle serait propre à réaliser son vœu le plus ardent : vivre en sauvage, comme feu Robinson.

Pendant près de quatre heures, on contourna des îles, des îlots, des rochers; puis, soudain, la mer, large et profonde, s'ouvrit devant les deux navires. Un immense soupir de soulagement sortit des poitrines oppressées; le commodore lui-même prit le temps d'essuyer le verre de sa longue-vue et descendit de son observatoire.

« Eh bien, monsieur, que pensez-vous de cette chasse? demanda-t-il à M. Pinson.

— Je pense que vous êtes un intrépide marin, commodore.

— Je suis Américain, monsieur, et je connais la devise de mon pays : *Go ahead!*

— Vous avez déjà navigué dans ces parages?

— Une fois, par bonheur.

— Suis-je trop curieux en vous demandant où nous allons?

— A Charleston, à Baltimore, à New-York peut-être.

— Sommes-nous donc de nouveau en pleine mer?

— Pas précisément; nous sommes dans un golfe bordé de récifs semblables à ceux que nous venons de traverser. D'ici à deux heures nous naviguerons dans un chenal.

— L'aventure va devenir drôle, dit l'ingénieur avec une grimace.

— Oui, répondit le commodore, surtout après le coucher du soleil, car j'espère qu'alors le *Davis* sera acculé.

— La mer intérieure sur laquelle nous flottons n'a donc point d'issue?

— Elle en a une, monsieur; mais je ne crois pas que le *Davis*, bien qu'il ait à bord un habile pilote, s'expose à la franchir. »

Le commodore regagna son poste. Ainsi qu'il l'avait annoncé, la vigie, deux heures plus tard, signala des récifs à l'avant.

« Examine bien les terres près desquelles nous allons passer, dit l'ingénieur à Vif-Argent. J'ai un vague pressentiment qu'avec ses témérités, le commodore travaille à nous semer le long de ces rivages. »

La perspective d'un pareil accident ne parut pas émouvoir le moins du monde le petit garçon.

« Tout à l'heure, monsieur, dit-il, en se penchant vers l'ingénieur et en parlant à mi-voix, on donnait à manger aux poules qui sont à bord; j'ai pris soin, sans en avoir l'air, d'emplir mes poches d'orge et de blé.

— Dans quel but, petit?

— Pour les semer dans l'île sur laquelle nous ferons naufrage, répondit Vif-Argent avec le plus grand sérieux. En outre, ajouta-t-il, j'ai un gros morceau de pain en réserve.

— Et ce pain nous servira de nourriture en attendant que le blé pousse?

— Oui, monsieur. »

L'ingénieur, en dépit de la gravité des circon-

stances, ne put s'empêcher de rire, action qui ne
déconcerta pas le moins du monde Vif-Argent.

« J'ai encore sur moi un couteau et un gros clou,
reprit l'enfant, et je sais où le charpentier place
ses outils; ils sont dans une caisse, et nous pourrons venir la chercher avec le radeau que nous
construirons, quand le *Fulton* sera échoué.

— Peste! dit M. Pinson, ton imagination va vite,
petit.

— C'est qu'il faut être prêt à tout, monsieur;
aussi je vous engage à ne pas perdre de vue les
bouées de sauvetage suspendues le long du bord.
Aussitôt que le *Fulton* touchera sur un rocher,
coupez la corde d'une de ces bouées pour la jeter
à la mer; j'en ferai autant de mon côté, et nous
pourrons ainsi gagner l'île qui nous paraîtra la
plus grande. Il nous faudrait un fusil, mais je
n'ose toucher à ceux des officiers.

— Allons, allons, dit M. Pinson en caressant
la tête de Vif-Argent, un peu plus, et tu me ferais
croire que la triste série d'aventures que je dois à
Boisjoli va réellement se terminer d'une façon tra-
gique. Certes, nous sommes en danger; le sérieux
de tous les marins qui nous entourent le prouve;

mais le commodore tient à sa vie, que diable! et il y regardera à deux fois avant de briser son navire sur un îlot.

— Il est Américain, monsieur, et, pour jouer un mauvais tour au *Davis,* il serait capable de nous jeter à la mer; il me l'a dit tout à l'heure.

— En manière de plaisanterie, Vif-Argent, car je ne vois pas en quoi le bain forcé auquel il nous condamnerait pourrait être agréable au *Davis.* »

L'ingénieur s'interrompit; on longeait en ce moment une île plate, dénudée, où se montraient à peine quelques arbres rabougris. Cette île dépassée, on se trouva en face d'une seconde se dressant d'une centaine de mètres au-dessus du niveau de la mer. Sur cette hauteur, un homme et une femme apparurent. Ils regardaient les deux navires avec une stupeur visible et faisaient des signaux en leur montrant l'horizon.

« Sont-ce des sauvages? demanda Vif-Argent à M. Pinson.

— Non pas, mon garçon, leur costume est de fabrique européenne ; selon toute apparence, ce sont des pêcheurs établis provisoirement en ce lieu, car j'aperçois une chaloupe amarrée au pied du rocher. »

Vif-Argent contempla longtemps le pêcheur et sa femme, enviant le bonheur de ceux qui habitent une île déserte, ce qui paraissait au petit homme la plus grande des félicités. Il repassait dans son esprit toutes les actions de Robinson, lorsque son attention fut distraite par une bande d'oiseaux qui, s'élevant des rochers, vinrent planer au-dessus du *Fulton*. Parmi ces oiseaux, M. Pinson lui fit remarquer deux frégates, oiseaux qui doivent leur nom aux navires réputés les plus fins voiliers, et cela à cause de la puissance de leur vol. La frégate, dont les ailes ont plusieurs mètres d'envergure, plane le plus souvent dans la profondeur du ciel. Sa vue, aussi perçante que celle de l'aigle, lui permet d'apercevoir les poissons qui viennent nager à la surface de l'eau, et sur lesquels elle se précipite avec la rapidité foudroyante de l'éclair. La frégate vit sous les tropiques et ne s'éloigne guère des rivages de plus d'un degré.

Vif-Argent ne tarda pas à remarquer d'autres oiseaux dont la queue semblait ornée de deux longues pailles.

« Tu ne te trompes pas, lui dit M. Pinson, et c'est à cause des plumes qui ornent sa queue que cet oiseau a reçu le nom vulgaire de *paille en queue*. On le nomme aussi oiseau des tropiques, car on le rencontre rarement hors de la zone équatoriale. C'est pourquoi le grand Linné, avec son imagination poétique, lui donna le nom de *phaéton,* ou oiseau du soleil. »

L'attention de l'élève et du professeur fut ramenée vers le commodore, qui, toujours debout sur sa passerelle, multipliait les ordres. Le *Fulton,* engagé dans un étroit chenal, suivait avec soin le sillage du *Davis.* Celui-ci disparaissait parfois derrière les îlots, et la distance qui le séparait du *Fulton* semblait s'agrandir. Le soleil se rapprochait de l'horizon, et M. Pinson ne songeait pas sans appréhension aux dangers qu'allaient courir les deux steamers si la nuit les surprenait dans le défilé. Le chenal franchi, on vogua de nouveau sur une mer relativement libre, bien que de tous côtés, à une distance de douze ou quinze kilomètres, on aperçût la terre.

Le commodore descendit de sa passerelle pour se reposer un instant.

« Si les cartes ne mentent pas, dit-il à M. Pinson, nous sommes dans une impasse dont le *Davis*
ne pourra sortir ; aussi suis-je tenté de l'attendre
ci, certain qu'après avoir fait le tour du golfe dans
lequel nous nous trouvons, il lui faudra revenir
sur ses pas.

— Voici la nuit, commodore, et la prudence...

— Il ne s'agit pas de prudence, monsieur, il
s'agit de détruire le *Davis*. Si les cartes que je
possède avaient été dressées par des Américains,
je m'y fierais d'une façon absolue ; mais elles
sont l'œuvre de vos officiers, et je crains que le
pilote... Par le ciel ! le *Davis* semble hésiter... »

Le commodore courut à sa passerelle, le *Davis*
hésitait en effet ; il côtoyait à petite vapeur un
écueil qui se montrait à sa gauche. Le *Fulton* gagnait rapidement sur son adversaire. M. Pinson,
afin de mieux voir ce qui allait se passer, se hissa
peu à peu sur l'arrière du bâtiment, et s'appuya
sur la hampe, à l'extrémité de laquelle flottait le
drapeau des États-Unis. Le *Davis*, probablement
à cause de l'étroitesse de la passe dans laquelle
il était engagé, continuait à marcher avec lenteur.
Soudain il présenta le flanc à son adversaire et

le salua d'une bordée de ses canons. Un des
boulets frappa la hampe sur laquelle s'accotait
M. Pinson, la brisa et, tout point d'appui lui
manquant, l'ingénieur fut précipité dans la mer.

À cette vue, avec un sang-froid merveilleux, Vif-
Argent coupa les liens d'une bouée et la jeta par-
dessus bord; tout pâle, l'enfant se pencha pour
regarder dans la direction de son ami, dont le
Fulton s'éloignait avec rapidité. M. Pinson reparut
sur l'eau, puis s'enfonça.

« Il ne sait pas nager! » s'écria Vif-Argent
avec angoisse.

Et, sans plus réfléchir, le brave petit homme
sauta dans l'eau, plongea, puis se mit à nager
vers l'ingénieur.

Le cri sinistre des marins : Un homme à la
mer! retentit lugubrement d'un bout à l'autre
du *Fulton,* qui bientôt fut à plus de cinq cents
mètres des naufragés.

Vif-Argent nageait comme un poisson; en moins
de dix minutes, il rattrapa la bouée qu'il avait
jetée par-dessus bord; aidé par cet appui, il se
dirigea vers l'ingénieur. Celui-ci, surpris et
étourdi par sa chute inattendue, avait vite repris

son sang-froid, et nageait de son côté avec vigueur.

« Courage, monsieur ! lui cria Vif-Argent, encore quelques brasses, et j'arrive.

— Ménage tes forces, » répondit l'ingénieur avec calme.

Dix minutes plus tard, M. Pinson saisissait à son tour les cordes dont la bouée était pourvue.

« Comment, petit, dit-il en se secouant, toi aussi tu as été jeté à l'eau?

— Non, répondit Vif-Argent; mais, après vous avoir envoyé cette bouée, je vous ai vu tournoyer et vous enfoncer. Croyant que vous ne saviez pas nager, j'ai sauté par-dessus le bord afin de venir plus rapidement à votre aide. »

La simplicité avec laquelle l'enfant parlait de son héroïque action fit pâlir, puis rougir M. Pinson.

« Petit, petit, répéta-t-il en lui saisissant le bras, ce que tu as fait là... Bonté du ciel!... Nous en causerons plus tard. »

Les deux nageurs, poussant la bouée devant eux, se tournèrent alors vers le *Fulton*. Ils s'aperçurent avec stupeur que le steamer suivait sa route.

« C'est impossible ! s'écria M. Pinson, on ne va pas nous laisser périr.

— Le commodore, monsieur, n'a-t-il pas répété ce matin que, pour atteindre le *Davis*, il nous jetterait tous à la mer ? »

M. Pinson examina de nouveau l'horizon avec un soin minutieux, cherchant à se rendre compte des manœuvres du corsaire et de son antagoniste. Soudain l'ingénieur secoua la tête avec découragement ; le doute n'était plus permis, le soleil se couchait, son disque disparaissait déjà à demi, et le *Fulton* continuait sa poursuite sans paraître se préoccuper des malheureux nageurs.

CHAPITRE XVI

NUIT TERRIBLE

Pendant près d'un quart d'heure, avec cet instinct machinal qui pousse l'homme à lutter contre les dangers qui menacent sa vie, M. Pinson et Vif-Argent nagèrent sans échanger une parole. Les pensées se succédaient rapides, incessantes dans l'esprit de l'ingénieur; phénomène singulier, au lieu d'être tout au péril présent, son imagination l'emportait vers le passé. Il se revoyait près de sa mère, puis dans la grande salle d'études de Sainte-Barbe, assis côte à côte avec Boisjoli. Les douleurs, les joies, les moindres incidents de son existence simple, calme, laborieuse, défilaient sous ses yeux comme des choses d'hier. Il se rappela cette soirée néfaste durant laquelle il s'était laissé séduire par son ami, secoua la tête et murmura :

« Prodigieux ! oui, prodigieux ! »

La réalité poignante, implacable, ramena M. Pinson vers sa situation présente. Ses regards inquiets se promenèrent autour de lui. De tous côtés la terre, c'est-à-dire des îlots ou des récifs contre lesquels la mer lançait ses vagues. Le plus rapproché de ces écueils se dressait vers la gauche, à une distance d'au moins dix kilomètres ; ce rocher, il fallait l'atteindre ou renoncer à la vie.

Une houle assez forte soulevait doucement la mer ; de grandes vagues huileuses s'élevaient ou s'abaissaient avec lenteur, sans bruit, comme par l'effet d'une respiration. Des goélands, regagnant les anfractuosités qui leur servaient d'abri, s'arrêtaient un instant au-dessus des deux nageurs, tournoyaient dans l'air, puis repartaient en poussant leur cri rauque, que les marins comparent à la plainte étouffée d'un homme qui se noie.

M. Pinson se tourna vers son compagnon ; cramponné d'une main à la bouée, l'enfant nageait avec aisance et sang-froid.

« Sans ce cher petit, pensa l'ingénieur, je serais mort à l'heure qu'il est, et sans son enthousiasme pour Robinson, jamais il n'eût eu l'idée de jeter par-dessus bord cette bouée qui nous est d'un si grand secours. Ainsi les précautions enfantines dont je souriais ce matin auront été l'élément de mon salut! Allons, il s'agit de se tirer de ce mauvais pas, ne fût-ce que pour raconter à Boisjoli les désastres dont il est cause. »

M. Pinson secoua la tête avec énergie.

« Nage plus doucement, petit, dit-il à Vif-Argent; grâce au soutien que nous devons à ta présence d'esprit, nous pouvons avancer sans trop de fatigue, et il est urgent de conserver nos forces. Voyons, hisse-toi sur la bouée, tandis que je vais la pousser vers la terre. Quand je me sentirai fatigué, je prendrai ta place, et tu prendras la mienne. »

La bouée était un cercle de liège d'au moins deux mètres de diamètre, cercle enfermé dans une forte toile et pourvu sur toutes ses faces de cordes flottantes. Vif-Argent s'y trouva bientôt assis, et M. Pinson, nageant avec le calme d'un homme maître de lui, poussa en avant l'esquif improvisé.

« C'est de ce côté, monsieur, lui dit Vif-Argent en montrant le levant, que se trouve la plus grande île.

— Il s'agit d'en gagner une, quelle qu'elle soit, répondit l'ingénieur, et la plus proche est en ce moment la meilleure. »

Une dernière lueur teignait le ciel vers le couchant; elle disparut bientôt, et la nuit s'étendit sur la mer. Deux ou trois fois, Vif-Argent proposa à son compagnon de prendre sa place; mais M. Pinson voulut nager encore. Au bout d'une heure, il consentit enfin à se reposer, et, avec mille précautions, il parvint à s'installer sur la bouée.

Avec quelles délices l'ingénieur étira ses bras, ses jambes, son corps sur quelque chose de relativement solide! Il s'empressa d'ôter sa vareuse, qui le gênait, précaution déjà prise par Vif-Argent. La brise soufflait, elle amenait des nuages, et la pâle lueur des étoiles cessa bientôt d'éclairer les naufragés. Où allaient-ils? De temps à autre, M. Pinson prêtait l'oreille pour saisir quelque bruit. Il lui semblait alors entendre les vagues heurter des écueils vers sa droite, ce qui lui parut d'abord inexplicable. Après avoir longtemps réfléchi, il s'arrêta à l'idée que ses efforts et ceux de son petit compagnon étaient inutiles, qu'un courant, comme il s'en trouve de si nombreux dans l'Océan, les éloignait du point qu'ils voulaient atteindre et les entraînait vers d'autres récifs.

Trois heures s'écoulèrent ; elles parurent éternelles aux deux naufragés. Ils ne nageaient plus, et cependant la bouée cheminait. Bien que la nuit fût tiède, leur long séjour dans l'eau les glaçait, et ils grelottaient. A chaque quart d'heure, ils se remplaçaient sur la bouée ; mais M. Pinson ne cessait de nager que lorsqu'il sentait ses bras se raidir ou ses mains se crisper.

L'ingénieur avait l'âme pleine de sinistres pressentiments qu'il se gardait de communiquer à Vif-Argent. L'enfant, par bonheur, possédait un caractère énergique ; d'ailleurs, grâce à la vivacité de son imagination et à l'insouciance naturelle de son âge, il se croyait sans cesse à la veille d'aborder. Une chose seule le préoccupait : le pain placé dans sa poche se détrempait, et les allumettes dont il avait eu le soin de se pourvoir allaient « s'abîmer », selon son expression, et devenir inutiles.

« Comment allumer un feu, se disait-il, si les allumettes ne veulent pas prendre ?

— Nous les ferons sécher, si nous avons la

chance de revoir le soleil, répondit l'ingénieur, se
prêtant aux illusions de l'enfant pour ne pas
amoindrir son courage.

— Il est bien entendu, monsieur, reprit Vif-Argent, que vous serez Robinson; j'aurais aimé à
être Robinson moi-même, mais c'est à vous de
commander. Je ne serai pas un trop mauvais Vendredi, vous verrez.

— Je n'en doute pas, mon enfant.

— Nous trouverons des animaux dans notre
île; je me charge de les soigner, de les apprivoi-
ser. L'eau de la mer ne gâtera pas mon blé, n'est-
ce pas?

— Non, petit, nous le ferons sécher comme
les allumettes.

— Vous verrez, reprenait Vif-Argent, que nous
ne serons pas trop malheureux. Ce qui attristait
surtout Robinson, c'était de n'avoir personne avec
qui causer; nous, nous causerons. Nous aurons
une maison d'été et une maison d'hiver; au lieu
de poules, nous élèverons des oiseaux de mer;
puis nous chasserons.

— Certes, mon enfant.

— Nous dresserons un mât, et dans dix ans,

dans vingt ans, quand un navire nous décou-
vrira, vous aurez une grande barbe. Nous retour-
nerons en Europe et nous vendrons notre île. Ouf!
ajouta l'enfant, dont le tour était venu de monter
sur la bouée, je voudrais tout de même être arrivé.

— Patience, petit!

— Nous aurons, reprit le petit homme après
s'être étendu sur la bouée, un grand avantage
sur Robinson, monsieur.

— Lequel ? demanda M. Pinson.

— Vous êtes ingénieur ? Si nous nous ennuyons
trop dans notre île, vous construirez une barque,
et nous irons à Saint-Thomas. »

Vif Argent causa longtemps; peu à peu il mit
un intervalle entre chacune de ses phrases, balbutia, puis se tut. Vaincu par la fatigue, il venait
de s'endormir.

L'ingénieur fit appel à toute son énergie, et,
pendant une heure, il se tint cramponné à la bouée.
Vingt fois, sentant ses forces à bout, il fut sur le
point de réveiller Vif-Argent, et vingt fois, se mettant à nager avec vigueur, il réussit à combattre
l'engourdissement qui s'emparait de lui. Une fois,
l'ingénieur fit un soubresaut, il croyait entendre

13.

le bruit de la machine du *Fulton*. Il se dressa le plus qu'il lui fut possible au-dessus des flots, prêta l'oreille et n'entendit que la plainte triste et monotone de la mer, se heurtant sans trêve contre de lointains écueils.

« L'homme propose et Dieu dispose, pensa-t-il ; nous sommes de faibles jouets entre les mains de l'Éternel. J'avais arrangé ma vie aux Batignolles ; j'avais fait un long bail avec mon propriétaire, afin de pouvoir disposer mon appartement à mon gré ; je me suis donné la peine de tapisser mes parquets, mes murailles, afin de rendre mon nid plus doux et plus chaud, et me voilà flottant au gré de l'Océan, soutenu par une misérable écorce de liège qui m'emporte je ne sais où.

— Merci, monsieur, vous êtes bon, » murmura Vif-Argent qui rêvait.

M. Pinson le contempla avec tendresse.

« Dieu lui épargne mes angoisses, pensa-t-il, et il sauvera cet innocent.

— *Good morning, mother* Pitch ! » balbutia encore l'enfant.

La tête de M. Pinson se trouvait près de celle de Vif-Argent, il l'embrassa doucement.

« Je le sauverai à mon tour, dit l'ingénieur en songeant que c'était par dévouement pour lui que l'enfant se trouvait là, oui, je le sauverai. »

Une détonation lointaine retentit, bientôt suivie de plusieurs autres.

« Le *Fulton* et le *Davis* sont enfin aux prises, pensa l'ingénieur ; en vérité, une belle chose que la guerre ! Le commodore ne s'est même pas retourné pour nous prêter aide, et pourtant il est bon. »

Les détonations cessèrent. M. Pinson, à bout de forces, allait enfin réveiller son petit compagnon, lorsqu'il se sentit entraîné avec rapidité. Il fit un mouvement pour nager et sentit qu'il avait pied. Sa surprise, sa joie furent si grandes qu'il se mit debout et lâcha la bouée ; elle alla échouer à quelques mètres plus loin.

M. Pinson s'élança aussitôt pour la ressaisir ; l'eau lui montait à peine à mi-jambe ; il pouvait momentanément se considérer comme sauvé. Des actions de grâces s'échappèrent de ses lèvres. Puis il s'assit sur un point qui faisait saillie hors de l'eau, et une larme glissa sur ses joues.

« Réaction nerveuse, se dit-il, et il faut avouer

qu'il y a bien de quoi. Ainsi, l'avenir peut m'appartenir encore ! »

L'ingénieur ressentait un besoin violent de faire partager sa joie à son compagnon d'infortune, de parler. Il se pencha ; la lumière pâle qui tombait du ciel lui montra le petit garçon si paisible, si calme sur sa couche flottante qu'il respecta son sommeil.

« Laissons dormir le fidèle Vendredi, murmura-t-il ; le réveil ne viendra peut-être que trop tôt. »

M. Pinson se tourna vers l'Orient, guettant l'apparition du jour. Autour de lui, il voyait l'eau courir, bouillonner sur les rochers saillants. Il tenait avec force la bouée sur laquelle Vif-Argent dormait bercé par le grand et terrible Océan.

Qu'elles semblèrent cruelles à l'ingénieur, les heures qu'il dut passer sur le bas-fond où le hasard l'avait conduit ! Il lui semblait que cette nuit sinistre ne finirait jamais, que l'instant du lever du soleil était depuis longtemps passé. Il avait cherché sa montre ; elle était restée dans sa cabine, et il ne s'affligea pas trop, en songeant à l'état dans lequel l'eût mise l'eau salée. Enfin une bande jaune raya l'horizon, quelques nuages épars sur le ciel se teignirent de rose, et, semblable à un globe d'or qui sort d'une fournaise, le soleil parut émerger du sein des flots.

Vif-Argent s'éveilla, s'étira, promena autour de lui des regards indécis.

« Nous sommes à terre ? s'écria-t-il.

— C'est-à-dire que nous avons pris pied sur un bas-fond, petit; mais je vois là-bas une plage que nous allons tâcher de gagner.

— Ah ! s'écria Vif-Argent, je vous disais bien que nous aborderions quelque part. Croyez-vous encore, monsieur, que les aventures de Robinson soient un conte ?

— Non, petit; mais la réalité n'en est pas plus consolante pour cela.

— Voilà devant nous une île, une île pour de vrai ! s'écria l'enfant. Elle a des arbres, de l'herbe, et nous y serons dans un instant.

— Je la crois à une distance de trois kilomètres du point que nous occupons, mon enfant.

— Eh bien, nous savons nager, et nous avons la bouée. N'êtes-vous pas d'avis, monsieur, que je la charge des jolis coquillages qui sont là sous nos pieds, et... »

Un coup de canon qui retentit interrompit Vif-Argent. Dans le long chenal qui les séparait de la plage qu'ils songeaient à gagner, les deux naufragés virent soudain apparaître, sortant de derrière une masse de rochers, le *Davis* qui cheminait à petite vapeur. M. Pinson leva les bras pour tâcher de se faire remarquer, et bientôt l'équipage entier du vapeur se pressa à bâbord. En moins d'une demi-heure, le *Davis* arriva devant les naufragés, mais il continua sa route. Il venait à peine de dépasser l'îlot, que M. Pinson, se tournant vers son petit compagnon, le regarda avec anxiété.

« Nous sommes condamnés à périr, dit l'ingénieur d'une voix étranglée.

— A périr ! alors qu'une île couverte d'arbres se dresse devant nous ? Vous n'y songez pas, monsieur, s'écria l'enfant. Que serait devenu Robinson, s'il se fût abandonné, au lieu de lutter ? D'ailleurs, si le *Davis* ne s'est pas occupé de nous, le *Fulton*, qui ne tardera pas à paraître, s'arrêtera certainement. »

M. Pinson secoua la tête.

Comme pour donner raison à l'enfant, le *Fulton* se montra, à son tour, à l'extrémité du chenal.

« Ah ! pensa Vif-Argent, pourvu que le commodore n'ait pas l'idée de nous prendre à son bord et de nous empêcher de devenir des Robinsons ! C'est cela qui serait ne pas avoir de chance. »

N'osant avouer tout haut sa crainte, Vif-Argent se rangea près de M. Pinson, qui, déjà, agitait les bras et poussait de grands cris pour attirer l'attention du commodore et de ses officiers.

Tout en multipliant les signaux, M. Pinson, traînant la bouée, s'avançait sur le bas-fond et se dirigeait vers le chenal à l'extrémité duquel venait d'apparaître le *Fulton*. Bientôt l'eau devint profonde et il fallut s'arrêter. Les matelots du *Fulton* avaient aperçu les naufragés, car ils se pressaient le long du bord, et la voix du commodore résonnait.

« Monte sur la bouée, petit, s'écria M. Pinson, nous allons nous rapprocher le plus qu'il nous sera possible de la ligne que doit suivre le *Fulton* ; s'il nous abandonne impitoyablement, nos efforts n'auront pas été perdus : ils nous auront rapprochés de la grande île, où nous essayerons d'aborder. »

Vif-Argent obéit avec lenteur ; il se plaignait de

se sentir étourdi, d'avoir mal à la tête ; néanmoins
il voulut nager. Les naufragés, poussant la bouée,
s'avancèrent de nouveau dans la mer. Mais leurs
membres fatigués les servaient mal ; leurs efforts
de la veille, leur séjour prolongé dans l'eau, joints
au manque de nourriture, les avaient singulièrement affaiblis. Vif-Argent, pâle, grelottant, cessa
bientôt de nager. M. Pinson l'aida aussitôt à se
hisser sur la bouée ; ce ne fut pas chose facile,
car l'enfant, soudain indifférent à ce qui se passait
autour de lui, murmurait des paroles incohérentes.

« La fièvre ! pensa M. Pinson ; si elle me prend
à mon tour, nous sommes perdus. »

La machine du *Fulton* cessa brusquement
de fonctionner, et le grand steamer glissa sur
les flots avec une vitesse décroissante. Un canot
monté par six hommes apparut à son arrière et
se dirigea à force de rames sur la bouée. Un
quart d'heure plus tard, M. Pinson et Vif-Argent
montaient à bord du *Fulton,* qui reprenait aussitôt sa marche.

« Je suis heureux de vous voir, oui, je suis heureux de vous voir, s'écria le commodore en prenant les mains de l'ingénieur pour les presser

avec énergie. Depuis hier, monsieur, nous avons beaucoup parlé de vous ici, et nous n'espérions plus vous retrouver.

— Ce n'est pas votre faute si nous sommes encore en vie, répondit M. Pinson avec amertume.

— Le service de guerre, répondit le commodore avec gravité, a des exigences cruelles, inhumaines, si vous voulez. La vie d'un homme ne compte pour rien dans certaines circonstances ; ceux qui m'entourent le savent bien. En m'arrêtant hier pour vous prêter aide, je compromettais plusieurs milliers d'existences peut-être, car le *Davis,* libre de ma poursuite, recommençait immédiatement ses pillages. Vous voilà, j'en suis heureux. »

M. Pinson avait cent choses à répondre ; mais deux ou trois mots incohérents, prononcés par Vif-Argent, le firent tressaillir. Il saisit l'enfant, le porta dans sa cabine, le coucha et s'assit à son chevet.

Pendant quarante-huit heures, le malade délira ; il parlait de Robinson, de Vendredi, et récitait des fragments entiers de l'histoire, cause de son embarquement. Le chirurgien du bord redoutait une fièvre cérébrale ; par bonheur, elle avorta.

M. Pinson, bien qu'exténué lui-même, ne voulut
pas quitter une seule minute son petit compagnon.
En dépit des supplications du commodore et de
son lieutenant, l'ingénieur, même aux heures de
repas, refusait de se rendre à table et mangeait
près du malade.

« Ce cher petit m'a sauvé la vie, répétait-il, et
je manquerais à un devoir sacré si je ne le dispu-
tais moi-même à la mort. »

Puis, accoudé contre le lit de Vif-Argent, il songeait à l'enchaînement singulier des choses hu-
maines.

« Sans l'admiration de ce petit homme pour
Robinson, pensait-il, je ne l'aurais pas retrouvé
à bord, et j'aurais accompli seul mon incroyable
voyage. Sans Robinson encore, ce cher enfant
n'eût jamais songé à la possibilité d'un naufrage,
ni à me jeter cette bouée qui nous a sauvés.
Décidément, il ne faut rire de rien en ce monde, et
je commence à trouver Robinson un grand homme.»

Le double dévouement des deux passagers du
Fulton l'un pour l'autre acheva de leur conquérir
la sympathie de tous les hôtes du steamer. Aussi,
cinq jours après leur sauvetage, quand M. Pinson

apparut sur le pont, portant entre ses bras Vif-
Argent, qu'il établit à l'ombre d'une voile, un
formidable hourra retentit en leur honneur, et
quatre cents mains vinrent serrer les leurs.

Tout en répondant avec effusion aux témoigna-
ges dont ils étaient l'objet, M. Pinson et Vif-Argent regardaient avec surprise autour d'eux. Une
immense côte se déroulait à bâbord du steamer,
côte assez rapprochée pour qu'il fût possible de
distinguer, à l'œil nu, les arbres et les habitations
qui la couvraient. En avant, à moins d'un kilomètre, le *Davis* semblait cheminer de conserve avec
son ennemi. Entre eux, se trouvait un grand
steamer au mât duquel flottait un drapeau rouge
et blanc. Un peu en arrière voguait un autre bâtiment de guerre à vapeur, portant les couleurs
espagnoles.

« Que signifie cela? demanda enfin M. Pinson
au lieutenant. Quelle est cette terre? La paix entre
le Nord et le Sud est-elle conclue, que le *Fulton*
laisse approcher le *Davis* à demi-portée de canon?

— Cette terre, répondit le lieutenant, est celle
de Saint-Domingue ; nous sommes depuis hier
dans les eaux de l'empire haïtien. Cette consi-

dération n'eût peut-être pas empêché le commodore d'attaquer le *Davis*, si la frégate espagnole que voilà ne semblait d'humeur à prêter main-forte au pavillon de Soulouque.

— Et où allons-nous ? à Port-au-Prince ?

— Nous allons à la Havane, selon toute probabilité ; le *Davis*, de même que nous, est à court de charbon et navigue à la voile. »

Le commodore survint ; il prit la main de l'ingénieur, qui lui rendit mollement son étreinte.

« Vous m'en voulez encore, dit le brave officier, et je le comprends ; si fortement que je vous sois attaché, monsieur, mon devoir passe avant tout. Mon lieutenant serait tombé à la mer, à votre place, que ma conduite eût été la même. A la guerre, encore une fois, la vie d'un homme importe peu, comparée au résultat qu'on veut obtenir, et il est de règle de sacrifier au besoin cent hommes pour en sauver mille.

— J'ai eu tort de me trouver sur le passage du boulet qui a brisé la hampe de votre pavillon, je le reconnais, dit M. Pinson ; cependant, commodore, je vous ai trop d'obligations pour vous en vouloir longtemps. Vous y avez mis le temps, mais enfin vous m'avez repêché, et je vous en remercie pour moi et mon cher enfant.

— Le gaillard va mieux, à ce que je vois.

— Il parle déjà de se promener, répondit M. Pinson ; seulement, la diète l'a si bien affaibli qu'il peut à peine se tenir debout. Le chirurgien prétend qu'avant trois jours il pourra courir comme par le passé ; aussi voudrais-je être plus vieux de trois jours. »

La paix faite avec le commodore, M. Pinson retourna vers son petit compagnon.

« Cette terre est bien l'Amérique, monsieur ? demanda l'enfant. Il me semble voir des palmiers.

— Tu ne te trompes pas, nous sommes en face de Saint-Domingue, île découverte en 1492 par Christophe Colomb, qui lui donna le nom d'Hispaniola. Saint-Domingue était nommé par les Caraïbes, peuple qui l'habitait à cette époque, île d'Haïti, ce qui dans leur langue signifie *pays montagneux*.

— Est-elle grande, cette île ? dit Vif-Argent en regardant du levant au couchant.

— Elle a 600 kilomètres de long sur 260 de large. Elle se divise en deux parties : la république dominicaine d'un côté, l'empire haïtien de l'autre. Cette île, la plus prospère des colonies françaises, se révolta contre la mère patrie en 1791. Les nègres, par suite d'un malentendu, massacrèrent les blancs, qui venaient de les rendre à la liberté. Depuis lors, en dépit d'une tentative faite en 1802 pour la conquérir, l'île de Saint-Domingue est indépendante. »

Une fois en voie de questions, Vif-Argent ne s'arrêtait plus. Il fallut lui raconter toute l'histoire de Saint-Domingue, celle de son libérateur Toussaint-Louverture et celle de son lieutenant Dessalines. Lorsqu'il apprit que la terre qu'il contemplait produisait du sucre, des cocos, du café, et que ses bois renfermaient des singes et des perroquets, Vif-Argent fut pris d'un vif désir de la visiter et fit des vœux pour que le *Davis* abordât dans sa capitale, le Port-au-Prince.

Il fallut aussi, naturellement, lui expliquer pourquoi le *Davis* et le *Fulton* cheminaient côte à côte, escortés par une frégate espagnole et un brick haïtien. Le lendemain, dans l'après-midi, lorsqu'il arriva avec M. Pinson sur la dunette, marchant seul cette fois, les choses paraissaient

dans le même état que la veille ; la côte se déroulait
sans fin du levant au couchant, et les quatre navires voguaient à cinq cents mètres les uns des
autres. Sur le pont du *Davis,* au lieu de l'uniforme
dont étaient vêtus les matelots des autres bâtiments, se voyaient des hommes en chemises de
laine de toutes les couleurs.

« Il y a là, dit le commodore à M. Pinson, une
écume de toutes les nations que je voudrais pendre
au haut de mes vergues. Je suis humain, monsieur,
et, en dépit de l'erreur qui leur a mis les armes
à la main, je ne vois que de braves ennemis
dans les gens du Sud ; mais que viennent faire
ces étrangers dans nos querelles? »

M. Pinson eût pu répondre que les armées du
Nord recrutaient leurs soldats parmi les Irlan-
dais et les Allemands ; mais il s'était proposé
de ne jamais entamer de controverse de cette
nature avec le commodore, et, cette fois encore, il
réussit à se contenir, bien qu'il eût, comme on
dit vulgairement, la tête près du bonnet.

« Cette île Saint-Domingue, monsieur, dit soudain Vif-Argent, n'appartiendra donc plus jamais
à la France ?

— Non, petit; notre pays a renoncé à ses anciens droits; seulement la terre que tu as sous les yeux n'est plus celle d'Haïti; nous sommes en face de sa voisine, l'île de Cuba ou de la Havane.

— La Havane, répéta Vif-Argent; n'est-ce pas de là que viennent les bons cigares?

— Oui, et leur réputation est méritée. L'île de Cuba, qui a ravi à Saint-Domingue le titre de *Perle des Antilles,* est la plus grande des îles que les géographes divisent en petites et grandes Antilles. Les grandes Antilles sont Cuba, Haïti, la Jamaïque et Porto-Rico; les petites, Saint-Thomas, Saint-Jean, l'Anguille, Saint-Barthélemy, Saint-Eustache, la Désirade, la Dominique, la Martinique, Tabago, la Trinité, Curaçao, etc., etc. Pour en revenir à l'île de Cuba, elle fut découverte par Christophe Colomb; elle mesure 1,150 kilomètres de l'est à l'ouest et environ 70 de large. De même que Saint-Domingue, elle produit du café, du cacao, du riz, et possède des mines d'or et de cuivre. »

Vif-Argent fut joyeux d'apprendre que, selon toute probabilité, le *Fulton* relâcherait à la Havane.

Armé d'une longue-vue, il ne cessait d'examiner les côtes, et poussait des cris de joie en distinguant des maisons, des habitants. Un pauvre oiseau, emporté de terre par la brise, vint même se poser sur la grande vergue, et un matelot le lui apporta. C'était un joli moineau aux plumes d'azur, et l'admiration de l'enfant pour les pays où se voient de pareils oiseaux redoubla.

Pendant trois jours encore, les quatre navires cheminèrent de conserve, et l'on aperçut enfin le fort du Maure, derrière lequel est située la Havane. Le brick haïtien salua soudain ses compagnons de voyage et vira de bord pour regagner son pays. Le *Fulton* et le *Daris*, poussés par la brise, se rapprochaient souvent l'un de l'autre. Le commodore avait alors peine à retenir sa colère et parlait de se battre contre le corsaire, dût le navire espagnol se mêler de la bataille. Mais le manque de charbon, qui l'avait empêché de manœuvrer, était un très grand désavantage pour que le commodore passât outre; il dut donc se résigner. D'ailleurs le Nord avait assez à faire dans sa lutte contre le Sud, sans chercher querelle à d'autres ennemis.

15

Vers trois heures de l'après-midi, le *Davis*
s'engagea dans l'étroit canal qui conduit à la Havane, dont la belle rade est invisible de la mer.
M. Pinson, après avoir rassemblé les quelques
chemises qui composaient son bagage et celui de
Vif-Argent, se tint près du bord, afin d'être le
premier à débarquer. Il causait avec un enseigne
qui connaissait le port de la grande île espagnole,
et il s'informait des moyens de regagner l'Europe.
A sa grande satisfaction, il apprit qu'un paquebot
mensuel faisait le service entre l'île et Cadix et
qu'un autre la mettait en communication avec
l'Angleterre. Dans sa hâte de regagner la France,
M. Pinson résolut de se rembarquer sur celui
de ces steamers qui partirait le premier.

Pendant ce temps, le commodore, entouré de
ses officiers, discutait avec chaleur; il promenait
sa longue-vue sur l'horizon, où se voyaient les
mâts d'une vingtaine de navires, les uns s'éloi-
gnant du port, les autres manœuvrant pour y entrer. Déjà la citadelle du Maure était assez rapprochée pour que Vif-Argent, sans autre secours
que ses yeux, pût distinguer les sentinelles qui se
promenaient sur sa plate-forme, lorsque d'épais

nuages de fumée jaillirent de la cheminée du *Fulton;* la voile fut abattue, le steamer mit son hélice en mouvement, vira de bord et s'éloigna avec rapidité du point où M. Pinson se croyait déjà ancré.

« Nous repartons! » s'écria Vif-Argent.

L'ingénieur, suffoqué, ne put répondre; il se laissa tomber sur un banc.

CHAPITRE XVII

RUSE DE GUERRE

Pendant dix minutes au moins, M. Pinson demeura immobile, son paquet de chemises à ses pieds, dans un état de prostration absolue.

« Allons, murmura-t-il, me voilà, grâce à M. Boisjoli, devenu l'émule du Juif errant. »

Il se leva soudain et regarda en face Vif-Argent, qui se trouvait près de lui.

« Où allons-nous ? lui demanda-t-il ; en Europe ? aux États-Unis ? en Chine ? où ?

— Je ne sais pas, monsieur, répondit l'enfant tout désappointé de son côté.

— Quel visage vous me faites, monsieur Pinson ! dit le commodore qui s'approchait en se frottant les mains.

— Ne m'avez-vous pas raconté, s'écria l'ingénieur, que vous étiez à court de charbon, que nous serions ce soir à la Havane, que le *Fulton?*...

— Là, là, interrompit l'officier, un peu de patience, monsieur, et mes promesses deviendront des réalités.

— Puis-je vous demander où nous allons?

— A la rencontre des cinq navires que vous apercevez là-bas.

— Dans quel but? sont-ce des corsaires?

— Ce sont des bateaux charbonniers de New-castle.

— Allez-vous me mettre à leur bord?

— Il en sera ce que vous voudrez, répliqua le commodore; mais, avant quarante-huit heures, je l'espère, le *Fulton* sera dans le port de la Havane.

— Il n'en prend guère la route, dit M. Pinson en désignant la mer; le *Fulton*, qui manquait soi-disant de charbon, file en ce moment avec plus de vitesse que jamais.

— Nous usons notre reste, répondit le commodore, et, pour vous tranquilliser, je vais vous expliquer mon dessein. Vous ignorez peut-être, monsieur, que la Havane est un port dont on ne sort pas facilement. Le gouvernement espagnol est ombrageux; il craint sans cesse qu'on ne lui

14.

ravisse son île de Cuba, et il observe méticuleuse-
ment les vieux règlements maritimes.

— Les règlements maritimes! répéta M. Pinson.
Quoi! ce sont eux encore qui viennent s'opposer
à mon débarquement?

— Laissez-moi achever, reprit le commodore.
Je vous expliquais donc qu'un navire, une fois
ancré dans le port de la Havane, n'en peut sortir
qu'entre six heures du matin et six heures du
soir. D'autre part, le *Davis,* toujours d'après
les règlements maritimes, n'a le droit de séjourner
à la Havane que le temps strictement nécessaire
à son ravitaillement. Or, tandis que je me serais approvisionné de charbon, le corsaire aurait
pu lever l'ancre à l'improviste, franchir la passe
sans laisser au *Fulton* le temps de démarrer. Il
nous aurait filé entre les doigts comme une anguille! Je ne veux pas être berné de cette façon. Je
ne pénétrerai donc dans le port qu'une fois lesté
de charbon, et, par conséquent, prêt à suivre
chacun des mouvements de mon ennemi. »

Ces explications consolèrent un peu M. Pinson,
surtout lorsque son interlocuteur lui affirma qu'a-
lors même qu'il réussirait à s'approvisionner de

charbon, il pénétrerait dans le port afin de mieux surveiller le corsaire. Durant cette conversation, le steamer s'était rapproché des bateaux charbonniers, qui, à sa vue, hissèrent le pavillon anglais. Bientôt le commodore leur parla à l'aide de son porte-voix, et il intima au plus voisin l'ordre d'amener ses voiles et de s'arrêter.

« Que me voulez-vous? demanda le capitaine anglais avec mauvaise humeur.

— Que vous me cédiez votre chargement de charbon, répondit le commodore.

— Voilà qui est impossible; je n'ai pas le droit de vendre ce chargement.

— Carguez vos voiles, cria le commodore avec autorité, ou je rase vos mâts en dix minutes.

— L'Angleterre est en paix avec les États-Unis, dit encore le capitaine.

— Aussi les choses se passeront-elles en bonne forme, répliqua le commodore, et je vous payerai sur l'heure votre charbon. »

Le capitaine du bateau examina la mer avec l'espoir de découvrir un bâtiment de guerre de sa nation et de lui demander secours. Bien qu'une étroite parenté unisse les Américains aux Anglais, les deux cousins John Bull et frère Jonathan, ainsi qu'ils se désignent mutuellement, se détestent avec cordialité. Aucun navire anglais ne se montrant à l'horizon, il fallut obéir. Les deux navires se placèrent côte à côte, et l'équipage entier du *Fulton* fut employé au transbordement du charbon, opération qui ne demandait pas moins de vingt-quatre heures.

M. Pinson, saisi d'une idée subite, entraîna Vif-Argent sur le bateau charbonnier et se dirigea vers son capitaine. Celui-ci, de fort mauvaise humeur, surveillait la prise de possession de sa cargaison. L'ingénieur, songeant que ce bateau, une fois vide, allait sans nul doute regagner l'Angleterre, voulait s'embarquer à son bord. Une fois encore, il se heurta contre les règlements maritimes; le bateau se rendait à Sizal, port du Yucatan, et il était tenu d'y aborder afin de prendre son chargement de retour. M. Pinson, la tête basse, remonta sur le *Fulton* et se tourna vers la terre; il espérait qu'une chaloupe sortant du port passerait à portée du steamer et consentirait à le conduire au rivage.

Vers le soir, traînant à la remorque le bateau

charbonnier, le *Fulton* se rapprocha de la côte
afin de la mieux surveiller. Les marins travaillè-
rent toute la nuit sans cesser un seul instant de
faire le guet. Au point du jour, après une nuit
d'insomnie, à cause du vacarme produit par la
chute des paniers de charbon, M. Pinson et
Vif-Argent débouchèrent sur le pont. Large, sans
éclat, le soleil se levait dans une brume d'or, et,
grâce à l'énorme couche d'air que ses rayons
avaient à traverser, on pouvait impunément le
regarder en face. La terre se montrait toute
verte, semée çà et là de maisonnettes blanches.
Aux sommets des collines se découpaient, noires
sur le ciel bleu, les silhouettes étranges de grands
palmiers ou de cèdres.

« Voici des pilotes, dit soudain un matelot, les
requins ne sont pas loin. »

À ce nom de requin, Vif-Argent se rapprocha
du matelot, qui, se penchant vers la mer, dont
la transparence laissait pénétrer les regards à
plusieurs mètres de profondeur, lui montra cinq
poissons de la taille d'un gros brochet, au corps
rayé de bandes noires. Ces poissons nageaient
avec lenteur le long des flancs du *Fulton* ; c'étaient

là les pilotes qui, au dire du matelot, servaient
de conducteurs aux requins.

Ce récit parut singulier à Vif-Argent, qui courut
vers M. Pinson.

« Est-il vrai, monsieur, lui demanda-t-il, que les
requins soient presque tous aveugles et que les
poissons nommés pilotes leur servent de caniches ?

— C'est là une croyance dont l'imagination des
matelots fait seule les frais. Le poisson nommé
pilote est le *remora* des savants, et c'est afin de
prendre sa part de la proie dévorée par le requin
qu'il se tient à ses côtés.

— Le requin est-il un cétacé ? demanda encore
l'enfant.

— Non, le requin est un poisson, c'est-à-dire
qu'il respire à l'aide de branchies. Il appartient
à la terrible famille des squales, les plus voraces
des êtres connus. »

Bientôt cinq ou six des monstres nommés se
montrèrent le long du bord, et il y eut un grand
mouvement parmi les matelots, animés d'une haine
naturelle contre les terribles poissons toujours prêts
à les dévorer. Les requins, suivis d'une bande de
remoras, tournaient autour des deux navires comme

des sentinelles en faction. Le commodore ayant
accordé l'autorisation de les harponner, un canot
fut aussitôt mis à la mer ; un vieux contremaître,
armé d'une sorte de javelot pourvu d'une hampe à
laquelle se rattachait une longue corde, se plaça
debout à l'extrémité du canot.

C'est une pêche dangereuse que celle du requin ;
aussi tous les hommes de l'équipage, à l'exception
de ceux qui étaient de corvée pour le transbordement du charbon, se groupèrent-ils le long du
bord. M. Pinson et Vif-Argent se tinrent sur la
dunette, d'où ils pouvaient mieux voir.

Le canot s'éloigna de quatre mètres à peine, et
un gros morceau de lard fut jeté dans l'eau. Les
requins prouvèrent alors qu'ils ont de bons yeux,
car ils arrivèrent avec vélocité sur l'appât. Le plus
vif se tourna sur le côté et engloutit la proie d'un
seul trait. Si rapide qu'eût été cette opération,
Vif-Argent avait pu voir s'ouvrir la formidable
gueule du monstre, gueule pourvue de dents acérées
et dont le contour égale à peu près les deux tiers de
l'animal.

Alléchés par ce premier appât, les requins
tourbillonnèrent autour du canot. Le contremaître,

son harpon levé, attendait le moment de frapper. Une seconde tranche de lard fut jetée à un mètre du bord, et, à l'instant où un des requins se plaçait de côté pour le saisir, manœuvre à laquelle la disposition de leur terrible mâchoire oblige les squales, le harpon, lancé d'une main habile et vigoureuse, s'enfonça dans les flancs de l'animal, s'ouvrit par le jeu d'un ressort, et forma une croix dont les branches, s'engageant entre les côtes du blessé, le retinrent prisonnier. Le requin plongea aussitôt, marquant sa route d'une trace de sang. On laissa se dérouler la corde à laquelle était attaché le harpon ; bientôt de formidables secousses ébranlèrent le canot, et les matelots halèrent la corde avec précaution. Une demi-heure plus tard, ils se rapprochaient du *Fulton*, tenant en quelque sorte en laisse le monstre, dont les soubresauts d'agonie étaient encore redoutables.

Les autres requins, au lieu de s'effrayer, continuèrent à rôder autour du canot. L'animal atteint mesurait environ 9 mètres. Les matelots désiraient le dépecer pour s'emparer de sa peau, qui sert à plusieurs usages, mais le commodore les rappela à bord.

Vers quatre heures de l'après-midi, la liberté fut rendue au bateau charbonnier, qui, sans saluer cette fois, reprit la route de Sizal. Le commodore, voulant se rendre compte du nombre de milles que pouvait filer le *Fulton*, chargé de charbon jusque sur son pont, évolua pendant près d'une heure. Durant ces manœuvres, on lavait le steamer, car il fallait que tout fût en ordre avant d'entrer dans le port. Il était près de six heures lorsqu'on arriva près de la forteresse du *Maure*, juste à l'instant où un coup de canon annonçait la fermeture de la rade.

Ce contre-temps ne désola pas trop M. Pinson, car le commodore l'avait prévenu qu'il ne comptait guère atterrir ce jour-là. Le *Fulton* reprit donc le large, afin de louvoyer jusqu'au matin, précaution rendue nécessaire par une forte brise du nord qui se mit à souffler. Le lendemain, aussitôt que le jour parut, la proue fut tournée vers la terre, et le steamer fila rapidement.

Deux navires sortirent du port; bien que passant à une grande distance du navire américain, ils le saluèrent en hissant leur pavillon. Derrière eux parut un steamer peint en blanc, portant le pavillon espagnol.

« Sans la couleur de la coque de ce bateau et la hauteur de ses mâts, dit soudain le commodore à son lieutenant, je jurerais voir le *Davis*. »

Le steamer longeait la côte à petite vapeur.

« Que voyez-vous sur son pont? demanda le commodore à son lieutenant.

— Des matelots espagnols en uniformes, » répondit celui-ci.

Le petit steamer se trouvait par le travers du *Fulton*, il le salua en abaissant son pavillon, et un tambour battit aux champs. Le *Fulton* répondit à cette courtoisie en saluant à son tour et continua d'avancer vers le port.

M. Pinson, son paquet de chemises sous le bras, avait peine à contenir sa joie en voyant la terre se rapprocher avec rapidité.

« Il était dans notre destinée de voir la Havane, petit, dit-il à Vif-Argent; enfin ne nous plaignons pas. Nous emporterons quelques boîtes de cigares; j'ai des amis en France à qui cela fera plaisir. A propos d'amis, ce pauvre Boisjoli, à l'heure qu'il est, doit être casé. Je vois d'ici sa surprise lorsqu'il recevra de moi une lettre datée de l'île de Cuba; il aura peine à croire nos aventures réelles. Nous

allons voir, petit, la ville fondée par Diego Velas-
quez, puis le tombeau de Christophe Colomb, qui,
maltraité en Espagne, revint mourir sur la terre qu'il
avait découverte. Nous voici dans le chenal : vivat ! »

Le *Fulton*, en effet, venait de dépasser la pointe
du Maure, et le fond de la baie apparaissait. Le
steamer dut s'arrêter un instant pour répondre au
chef du port, qui, posté sur une petite tourelle, lui
demandait, à l'aide du porte-voix, sa nationalité,
son lieu de provenance, sa destination. Pendant ce
temps, une chaloupe se rapprocha du steamer.

« Est-ce le *Davis* que vous cherchez ? demanda le
patron de cette barque, pilote qui venait au-devant
du steamer.

— Oui, répondit le commodore ; conduisez-nous
près du lieu où il est ancré.

— Il a repris la mer ce matin.

— Que dites-vous ? s'écria le commodore, qui se
pencha de façon à laisser croire qu'il allait sauter
dans la mer.

— Que le *Davis* a peint sa coque en blanc,
qu'il a acheté de vieux uniformes espagnols, et
qu'il est sorti du port à six heures précises du
matin. »

Le commodore lâcha un gros juron, brisa son
porte-voix sur la balustrade contre laquelle il s'appuyait, et cria d'une voix de tonnerre aux timoniers :

« Virez! virez! »

Le *Fulton*, aussitôt, décrivit une longue courbe
et se dirigea vers la haute mer.

« Arrêtez! s'écria M. Pinson, une minute, une
seule minute, le temps de sauter dans cette
barque... »

La barque s'était écartée, et le *Fulton*, achevant
son évolution, sortait du chenal à toute vapeur, ne
prenant pas même le temps de rendre son salut
à la forteresse du Maure.

CHAPITRE XVIII

LE GOLFE DU MEXIQUE

Cette fois, M. Pinson ne récrimina pas; il remonta sur la dunette, posa son paquet sur un banc et se mit à se promener de long en large, grave, absorbé, ne prenant pas garde à ce qui se passait autour de lui. Parfois, lorsque son va-et-vient le ramenait en face de la terre, il s'arrêtait net, contemplait les rochers abrupts, incultes, qui défendent l'entrée de la Havane, ou les vautours noirs qui planaient dans le ciel. Parfois encore, il s'arrêtait pour regarder la mer, dont les eaux bleues se confondaient au loin avec l'azur de l'éther.

Des goélands suivaient le sillage tracé par le *Fulton*, s'abaissant d'un vol rapide pour saisir les débris qui tombaient du bord; M. Pinson secouait alors la tête et murmurait ce vœu des poètes :

Que n'ai-je des ailes !

Vif-Argent n'était pas content non plus, bien qu'il ne dît rien. Lui aussi regardait la terre avec envie, non pas du côté des rochers, mais plus bas, vers des falaises couronnées d'arbres aux feuillages singuliers. Où allait-on? L'enfant eût bien voulu le demander; par malheur, M. Pinson paraissait trop préoccupé pour qu'il osât l'aborder, et les officiers étaient bien trop affairés pour qu'il songeât à les questionner.

Peu à peu les côtes devinrent bleuâtres, les regards ne distinguaient plus que des masses confuses, noires, blanches ou vertes; puis tout se confondit dans une teinte grisâtre, et l'attention de l'enfant se porta sur le *Davis*.

Le corsaire, dont la coque blanche semblait glisser sur les flots, avait une avance de huit kilomètres environ et semblait gagner encore sur le *Fulton*. Le commodore, logé sur sa passerelle, ordonnait sans cesse aux mécaniciens de chauffer, de donner plus de vapeur, plus d'impulsion à l'hélice. Soudain on vit le *Davis* décrire une courbe, virer et se diriger vers le nord. Le *Fulton*, virant de son côté, avança parallèlement au corsaire.

« Si ce forban réussit à nous dépasser, dit le

commodore à son lieutenant, il va nous ramener en Europe. Ordonnez de clore les soupapes, monsieur; il vaut mieux sauter que de subir un pareil affront. »

Pendant une heure, les deux steamers cheminèrent parallèlement. Le commodore, entouré de ses officiers, étudiait cette marche avec anxiété, relevant à chaque minute sa position et celle de son ennemi. De noirs tourbillons de fumée s'échappaient de la cheminée du *Davis*, preuve que le corsaire chauffait sa machine avec non moins d'intensité que le *Fulton*. La terre avait disparu depuis longtemps lorsque M. Pinson, cessant d'arpenter la dunette, s'occupa enfin de la lutte de vitesse entreprise par les deux ennemis. Au fond, et sans en avoir l'air, l'ingénieur fit des vœux pour que le *Davis*, dépassant le *Fulton*, reprît le chemin des États-Unis ou de l'Europe.

Il devint bientôt patent que le corsaire perdait de son avance, et un hourra de triomphe résonna à bord du *Fulton*. Mais le grand steamer ne pouvait maintenir longtemps son allure enragée; en dépit des flots d'huile dont le mécanicien arrosait la machine, les pistons s'échauffaient insensiblement. Un moment le *Davis* parut se résoudre à livrer bataille. S'il eût su ce qui se passait à bord de son antagoniste, il eût certainement persisté dans son dessein, affronté son feu et passé outre. C'était, il est vrai, s'exposer à une destruction probable; aussi, après avoir perdu un bon quart de l'avance que lui avait value sa ruse à la sortie du port, le corsaire reprit-il sa route vers l'ouest. Il s'enfonça dans le golfe du Mexique, cette immense chaudière où les eaux de l'Océan viennent s'échauffer pour retourner, sous le nom de *Gulf stream*, baigner les côtes d'Europe de leurs ondes tièdes encore après un voyage de huit mille kilomètres.

« Brave navire! brave navire! répéta joyeusement le commodore en frappant le pont du pied. Qu'en dites-vous, monsieur Pinson?

— Je déplore, répondit l'ingénieur, la conduite de ce *Davis;* à sa place, un capitaine français eût depuis longtemps livré bataille.

— Et il l'eût perdue, monsieur, répondit le commodore, car toutes les chances sont en notre faveur. C'est un défaut de vos compatriotes de ne jamais compter leurs ennemis. Certes, les coups de tête réussissent quelquefois; mais que diriez-vous d'un joueur d'échecs qui, se fiant au hasard, pousserait

ses pièces à tort et à travers? Tant qu'il flottera, le
Davis sera redoutable pour nos navires de commerce; il le sait, il se ménage.

— Vous paraissez satisfait, commodore?

— Je le suis, monsieur; le *Davis*, à l'heure
présente, est dans une impasse où j'espère bien
l'acculer.

— Nous sommes dans le golfe du Mexique?

— Oui.

— Et nous allons?

— A Sizal, à Campêche, à Vera-Cruz, à Tampico, à... cela dépend de notre ennemi. »

M. Pinson ne répondit pas et se promena de
nouveau de long en large.

« Je devais aller à Calais, pensait-il, je suis allé
à Liverpool; je devais aller à New-York, et j'ai
fait route pour les îles Canaries, puis pour les îles
du Cap-Vert, et enfin pour les îles Vierges. Des
Antilles, que je comptais ne jamais voir, me voilà
parti pour le Mexique, ce qui veut dire que j'abor-
derai en Chine, au Labrador, aux îles Sandwich
ou à Madagascar, et cela parce que j'ai un ami
que...

— Monsieur, dit doucement Vif-Argent.

15.

— Que veux-tu ?

— Vous demander ce que c'est que le golfe
du Mexique.

— Le golfe du Mexique, petit, est une vaste
mer intérieure bornée au sud par le Yucatan, au
nord par la Floride et à l'ouest par les provinces
mexicaines de Tabasco et de Vera-Cruz. Il commu-
nique avec l'océan Atlantique par le canal de Bahama
que nous avons longé pour arriver jusqu'ici, canal
dont les eaux baignent les îles Lucayes. »

Vif-Argent alla consulter une carte et étudia
longtemps l'archipel des Lucayes, dont les bancs
de sable rendent l'approche si dangereuse. A l'heure
du dîner, le commodore, heureux d'avoir barré la
route au *Davis,* fit déboucher plusieurs bouteilles
de vin de Champagne. Cette pétillante boisson de
son pays égaya un peu M. Pinson, auquel les officiers assuraient que le corsaire ne pouvait aller
loin, maintenant qu'on le tenait enfermé.

Deux jours encore s'écoulèrent entre le ciel et
l'eau ; une chaleur étouffante régnait, le mois d'avril,
qu'on allait atteindre, étant le plus chaud de l'année
dans les régions que l'on traversait. Vif-Argent
savait que le Mexique, dont on ne tarderait guère

à voir les côtes, possédait des forêts vierges habitées par des tigres, des singes et des perroquets, des savanes peuplées de taureaux et de chevaux sauvages. Il n'avait donc plus qu'un désir : voir cette terre privilégiée, et surtout y débarquer. Aussi, lorsque l'enfant entendait les officiers déclarer que le *Davis,* selon toute probabilité, se réfugierait dans le port de Campêche ou celui de Tampico, c'est-à-dire en pleine Terre Chaude, courait-il derrière le grand canot pour exécuter son fameux saut périlleux. S'il était question, au contraire, de la possibilité pour le *Davis* de contourner une île et de reprendre le chemin de l'Europe, Vif-Argent allait s'asseoir sur l'avant et regardait avec tristesse l'eau profonde s'entr'ouvrir sous la puissante impulsion de l'hélice.

Un matin qu'il avait devancé M. Pinson sur la dunette, Vif-Argent, après avoir constaté que le *Davis* se trouvait toujours en vue et à peu près à la même distance du *Fulton* que de coutume, fut surpris de voir un oiseau raser la mer, puis s'y plonger et disparaître sous les flots. L'enfant ouvrit de grands yeux, se croyant dupe d'une illusion. Soudain il vit une volée de poissons s'élancer, **raser** la surface de l'eau, puis se replonger dans l'élément liquide pour repartir de nouveau; on eût dit une volée de passereaux.

« Est-ce que je rêve ? se demanda-t-il; où sommes-nous enfin dans ce pays merveilleux dont parlent si souvent les matelots? »

Il courut vers M. Pinson, qui examinait, de son côté, l'état de la mer et la position du *Davis*.

« Qu'est-ce que cela? demanda l'enfant, qui, arrivé près de l'ingénieur, lui montra une nouvelle bande de poissons qui rasaient la surface de l'eau.

— Mais tu le vois, ce sont des poissons volants.

— Des poissons volants? répéta Vif-Argent.

— Ou, si tu aimes mieux, des exocets. »

Fuyant une dorade qui les poursuivait, les exocets vinrent étourdiment se heurter contre les flancs du *Fulton*; un d'eux, lancé plus haut que les autres, tomba sur le pont; Vif-Argent courut le ramasser. L'enfant admira les longues nageoires pectorales, la couleur argentine et azurée du joli poisson, qui mesurait environ trente centimètres. On parla de le faire cuire; Vif-Argent, indigné, rejeta aussitôt à la mer son prisonnier, qui se perdit dans le sillage du navire.

Vers le soir, il y eut conseil des officiers ; on
approchait des récifs à fleur d'eau nommés *Alacra-*
nes, — scorpions, — et le *Davis,* à en juger par
ses allures, ne semblait pas se douter du danger.
Aussitôt la nuit venue, les officiers prirent la hauteur de différentes étoiles et se livrèrent à de
minutieux calculs. On ne pouvait plus en douter, le
corsaire marchait à toute vapeur vers les *Scorpions.*
Le nombre des vigies fut doublé, et le rayon électrique éclaira le *Davis.*

Vers minuit, on s'aperçut que l'on gagnait
sur le corsaire ; il semblait avoir ralenti sa marche.
Déjà on était à portée de canon, et les artilleurs du
Fulton se disposaient à faire feu, lorsque le *Davis*
fila vers sa gauche. Le rayon qui l'éclairait, projeté
en avant, montra une rangée de pointes noires
contre lesquelles la mer écumait.

« Lofez ! lofez ! » cria le commodore.

Il y eut un moment d'angoisse à bord du
Fulton, qui rasa les récifs sur lesquels son ennemi avait espéré le conduire. Mais le temps
d'arrêt exigé pour cette ruse faillit coûter cher au
corsaire, qui reçut plusieurs bordées. La bataille
semblait s'engager, quand, à la grande surprise

de M. Pinson, le commodore ordonna de stopper.

Le *Davis* contournait les récifs; sans la présence d'esprit du commodore, le *Fulton,* décrivant la même courbe, eût livré passage à son ennemi, qui, prenant les devants, eût ramené son adversaire en Europe. Après avoir manœuvré pendant une heure sans réussir à dérouter le *Fulton,* le *Davis* repartit en avant.

« Nous le tenons enfin! s'écria le commodore; avant quarante-huit heures, ajouta-t-il en se tournant vers M. Pinson, j'écraserai ce forban contre la côte mexicaine; nous en serons quittes pour demander excuse au gouvernement de Juarez. »

Le surlendemain, au lever du soleil, le pic de l'Orizava, visible de trente lieues en mer, fut signalé par une vigie. Vif-Argent, stupéfait de voir cette montagne au sommet couvert de neige se montrer à l'horizon, courut chercher le paquet de chemises et vint se ranger près de M. Pinson. A dix heures du soir, on se trouvait en face du fort de Saint-Jean-d'Ulloa, pris en 1839 par les Français. Derrière le fort, construit sur un îlot, s'étendait une vaste plage de sable au milieu de laquelle se dressait, avec ses dômes, qui la font ressembler à

une cité orientale, la ville de la Vraie-Croix ou
Vera-Cruz.

M. Pinson regardait ce spectacle avec une indif-
férence qui surprenait Vif-Argent.

« Nous allons débarquer, monsieur, lui dit l'enfant, n'y songez-vous pas?

— Débarquer? reprit l'ingénieur. Tu crois cela,
petit? N'allait-on pas débarquer à Queenstown, à
Saint-Thomas, à Saint-Domingue, à la Havane?
Nous débarquerons ici de la même façon; nous
sommes au bout du golfe du Mexique, mais non
encore au bout du monde. »

Le *Davis* recueillit un pilote et fut bientôt à
l'abri sous les canons de Saint-Jean-d'Ulloa. Le
commodore, suivant le sillage de son ennemi,
passa à son tour devant le fort et pénétra dans
la rade ouverte de Vera-Cruz. Il se posta à cent
mètres du *Davis* et ordonna de laisser filer l'ancre.

La nuit était brûlante, la lune large et brillante
éclairait au loin la jetée construite à grands frais par
les Mexicains, et qui s'avance de trois cents mètres
dans la mer. En arrière, une ceinture blanche de
murailles se dessinait, car Vera-Cruz a des allures
de ville forte.

« Voulez-vous débarquer? » demanda soudain
le commodore à M. Pinson.

L'ingénieur se leva.

« Si je le veux! » s'écria-t-il.

— Un canot à la mer! » dit simplement l'officier

Quand M. Pinson vit les ordres du commodore
s'exécuter, quand on vint lui dire qu'on l'attendait,
il fut pris d'une émotion qui lui mit les larmes aux
yeux. Il remercia avec effusion l'équipage du *Fulton*, qui l'entourait, pressa les mains du commodore et de ses officiers, leur donnant son adresse
à Paris, leur souhaitant bonne chance.

« Quand le *Davis* sortira d'ici, lui dit le commodore, nous le suivrons à cent mètres de distance,
et nos affaires seront vite terminées. Voyons, monsieur Pinson, ne voulez-vous pas rester notre hôte?

— Non, répondit l'ingénieur; dans votre bataille
contre le *Davis,* quelque boulet pourrait s'égarer
sur moi ou sur Vif-Argent. Si j'étais Américain
intéressé dans votre partie, votre offre me tenterait;
mais je suis des Batignolles, et je préfère retourner
en Europe à bord du steamer qui fait le service direct
des Antilles et du Mexique. Au revoir, commodore,
et cent fois merci! »

Un quart d'heure plus tard, M. Pinson et Vif-Argent, lequel avait tremblé de voir l'ingénieur se laisser séduire par les offres du commodore, débarquaient sur la jetée. Le canot du *Fulton* repartit aussitôt. Grâce à la clarté de la lune, les deux voyageurs le suivirent des yeux jusqu'à ce qu'il eut regagné le steamer. Ils crièrent alors un dernier adieu à leurs amis, et se dirigèrent vers une porte monumentale qu'ils apercevaient à l'extrémité de la jetée.

CHAPITRE XIX

VERA-CRUZ

M. Pinson et Vif-Argent, dès leurs premiers pas
sur la jetée, furent surpris de sentir le sol se
mouvoir sous leurs pieds, exactement comme s'ils
cussent encore été à bord du *Fulton*. Cette sensa-
tion de mouvement illusionne durant plusieurs
jours les gens qui viennent de faire une longue
traversée ; c'est un phénomène bien connu des marins. Mais nos voyageurs en étaient à leur coup
d'essai ; aussi crurent-ils que la surface dallée
qu'ils foulaient se balançait au gré des flots qui
la heurtaient. Enfin, marchant les jambes écartées
pour conserver leur équilibre, ils arrivèrent devant
la grande porte qui, sous forme d'arc triomphal,
termine le môle de la Vera-Cruz et donne accès
dans la ville. Après avoir longé cette grande porte
et les deux plus petites dont elle est flanquée, il

fallut se convaincre que toutes étaient hermétique-
ment closes et qu'elles manquaient d'une façon
absolue de sonnette ou de marteau. M. Pinson
heurta du pied.

« *Quien vive ?* » cria une voix.

Ni M. Pinson ni Vif-Argent ne comprirent cette
demande; néanmoins, ils répondirent à la fois :

« Ouvrez.

— *A lo largo !* » répliqua la voix.

Il y eut un long silence durant lequel l'ingénieur crut que l'on se disposait à lui ouvrir. N'en-
tendant plus aucun bruit, il heurta de nouveau.

Un guichet glissa dans une rainure, une baïonnette brilla, et une voix impérieuse, menaçante,
ordonna aux deux voyageurs de s'éloigner. M. Pinson comprit le geste, s'il ne comprit pas les paroles,
et insista. Les mots *reglamentos maritimos* frap-
pèrent son oreille.

« *Reglamentos maritimos,* répéta-t-il en se tournant vers Vif-Argent; cela veut évidemment dire
règlements maritimes. Quoi! nous allons encore
avoir à lutter avec ces maudits !... »

Le guichet se referma d'une façon si violente
que M. Pinson se tut tout interdit.

« Avez-vous vu le visage de celui qui vient de parler ? demanda Vif-Argent.

— Non, il se tenait dans l'ombre.

— C'est un homme noir, monsieur, avec de gros yeux blancs.

— Fût-ce le diable en personne, dit l'ingénieur, il nous ouvrira ! »

Et il se disposait à heurter pour la troisième fois, lorsque Vif-Argent le saisit par le pan de sa redingote.

« Monsieur, dit l'enfant, ne fâchons pas cet homme noir, qui nous a montré une baïonnette.

— Fâchons-le, au contraire, petit ; il nous arrêtera, nous conduira au poste pour tapage nocturne, et nous ne coucherons pas à la belle étoile.

— Cet homme, monsieur, parle une langue que nous ne comprenons pas, et nous ne pourrons nous expliquer. Que ferons-nous ? que dirons-nous s'il veut nous battre ?

— Nous battre ! s'écria M. Pinson, qui ferma ses poings. Crois-tu, petit, parce que je cédais le plus souvent au commodore, dont j'étais l'hôte, que je sois homme à me laisser ou à te laisser battre ? Nous allons voir. »

M. Pinson s'avançait; il s'arrêta soudain.

« Tu as raison, dit-il à l'enfant, ne cherchons pas une mauvaise querelle. Les règlements maritimes, à ce que j'ai compris, nous défendent d'entrer à Vera-Cruz, après nous y avoir amenés malgré nous; respectons ces fameux règlements, et attendons le jour. »

Minuit sonna. Des voix s'élevèrent dans la nuit, voix tristes, monotones, qui semblaient chanter des prières. Ces voix se répandirent le long des murs, et elles allèrent s'affaiblissant, se perdant dans le lointain.

M. Pinson et Vif-Argent s'assirent sur un banc de pierre. La chaussée où ils se trouvaient, large à peine de cinq ou six mètres, était battue des deux côtés par les vagues, qui la couvraient souvent d'écume. En face d'eux se dressait la masse noire de la forteresse Saint-Jean-d'Ulloa, derrière laquelle s'abritaient le *Fulton* et le *Davis;* à droite et à gauche, des récifs sur lesquels les vagues déferlaient, produisant un bruit monotone, régulier, semblable à celui d'un marteau de forge frappant en cadence dans le lointain.

Lorsqu'une heure du matin sonna, les voix

déjà entendues s'élevèrent de nouveau. Prêtant l'oreille, M. Pinson distingua les mots *Sentinela, alerta* et *Ave Maria.* Ces voix étaient celles des gardes de nuit, qui, au Mexique, comme dans l'Europe du moyen âge, annoncent les heures de la nuit en invitant les habitants à dormir en paix.

Après cent questions sur le Mexique, qui, conquis en 1519 par Fernand Cortez sur les empereurs astèques, Montezuma et Guatimotzin, secoua le joug espagnol en 1821 et s'érigea en république fédérative, Vif-Argent, bercé par le bruit monotone des flots, s'endormit profondément. M. Pinson rêva quelque temps à l'étrangeté de sa destinée, puis s'endormit à son tour.

Le jour naissait à peine lorsqu'un bruit de voix réveilla les deux voyageurs. Vif-Argent ouvrit brusquement les yeux et se pressa contre M. Pinson. Six mulâtres, habillés en soldats, pieds nus, armés de fusils à pierre et coiffés de chapeaux à larges bords, les entouraient et les interrogeaient dans une langue incompréhensible. M. Pinson entama le récit de ses aventures; ne comprenant rien à ce qu'il leur disait, les soldats lui firent signe de les suivre. Regardant vers la forteresse, l'ingénieur s'aperçut que le *Fulton* et le *Davis* avaient disparu.

M. Pinson et Vif-Argent franchirent enfin la grande porte contre laquelle ils avaient en vain heurté la veille, pénétrèrent dans un couloir et se trouvèrent en face d'un jeune officier. L'ingénieur recommença le récit de son voyage; mais son interlocuteur, ne sachant pas un mot de français, envoya chercher le capitaine, qui parlait cette langue.

« Vos passeports ? » dit celui-ci après avoir salué les prisonniers.

Cette demande, faite en français, soulagea M. Pinson, qui, naturellement, entama de nouveau le récit de ses aventures. Celui qui l'interrogeait l'écouta avec patience, tout en secouant la tête d'un air incrédule.

« Voilà qui est fort bien, dit-il, mais on ne pénètre dans la république mexicaine qu'avec des papiers en règle. Où sont les vôtres?

— Ne vous ai-je pas dit, reprit M. Pinson, que je suis parti de chez moi, rue Nollet, aux Batignolles, pour une simple excursion, et... »

Le capitaine causa un instant avec le jeune

officier ; puis, sur un signe de ce dernier, un caporal et six hommes prirent les armes.

« Suivez ces messieurs, dit alors le capitaine du
port à M. Pinson ; ils vont vous conduire chez
votre consul ; si Son Excellence répond de vous,
vous serez libres.

— Quoi ! s'écria M. Pinson, allez-vous nous
faire défiler à travers la ville entre des soldats,
comme des malfaiteurs ?

— En route ! » dit le caporal à ses hommes.

M. Pinson et Vif-Argent, qui, effrayé, se pressait contre son compagnon, furent entourés par les
soldats et forcés d'avancer. Ils sortirent du poste
et se trouvèrent bientôt sur une grande place. En
face d'eux, des boutiques, des magasins, des cafés
encore fermés ; la ville s'éveillait à peine. Néanmoins les prisonniers n'avaient pas fait cent pas
qu'une cinquantaine de personnes, femmes envelop-
pées d'écharpes, hommes drapés dans des couvertures bariolées, enfants à demi nus, les suivaient
avec curiosité. Tous ces gens avaient la peau fortement cuivrée, et les chapeaux à larges bords que
les hommes portaient rabattus sur les yeux leur
donnaient l'air de brigands. On savait déjà qu'un

corsaire, poursuivi par un steamer des États-Unis, s'était abrité derrière le fort d'Ulloa durant la nuit, et le bruit se répandit que M. Pinson n'était autre que ce corsaire capturé par les autorités mexicaines.

« Vois-tu, petit, disait l'ingénieur à Vif-Argent, Boisjoli aura beau faire, il ne se lavera jamais de cette dernière iniquité. C'est à ses conseils que je dois d'être sans passeport, à deux mille lieues de ma maison, de mon pays. C'est à lui que je dois d'être en ce moment conduit par la force publique... Non, c'est trop fort ! »

Lorsque la petite troupe arriva devant la demeure du consul, elle était suivie de cinq cents personnes au moins. Le chancelier du consulat reçut les visiteurs, et M. Pinson le mit au courant de sa déplorable aventure. Le chancelier, surpris, appela le consul, et M. Pinson dut recommencer sa narration.

« Enfin, monsieur, quelle preuve pouvez-vous nous donner de votre véracité ? »

L'honnête M. Pinson rougit jusqu'aux oreilles. Contenant néanmoins les paroles indignées prêtes à lui échapper, il tira son portefeuille, montra plusieurs lettres à lui adressées, et s'expliqua avec

16

cette assurance, cette droiture que les coquins
cherchent en vain à imiter.

Le consul, en dépit de l'étrangeté de l'aventure, ne douta bientôt plus. D'ailleurs, la façon
de s'exprimer de l'ingénieur révélait un homme
bien élevé et instruit. Le chancelier délivra donc
aux voyageurs un sauf-conduit qui les autorisait à
rester dans la ville ou à se rendre où bon leur
semblerait. En sortant de chez le consul, M. Pinson et Vif-Argent avaient peine à s'ouvrir un passage
parmi les curieux. Leur escorte, sur la prière du
chancelier, les accompagna même jusqu'à l'*Hôtel
du Commerce,* situé en face du môl eet tenu par un
Français. Durant la route, les soldats expliquèrent
en vain à la foule que M. Pinson, loin d'être un
corsaire, n'était qu'un simple citoyen français.
Convaincus qu'on voulait les dérouter, les curieux
demeurèrent jusque vers dix heures en face de
l'hôtel; l'ardeur du soleil réussit seule à les en
chasser.

Avec quel délice, après un copieux déjeuner,
M. Pinson vint s'asseoir près de la fenêtre de la
chambre à deux lits dans laquelle on l'avait installé!
Cette fenêtre donnait sur la place du Môle, en face

des bâtiments de la Douane. Par-dessus ces bâtiments se dressait la forteresse d'Ulloa, et, au delà,
la mer étincelait sous les rayons d'un soleil tropical.
Cédant à la chaleur, à la quiétude qui régnait
autour de lui et dans son esprit, M. Pinson s'endormit.

Vif-Argent, posté à la fenêtre, n'avait point assez
d'yeux pour contempler ce qui l'entourait, ce qui
défilait sous ses regards. A bord du *Canada*, comme
à bord du *Fulton*, il lui semblait toujours être en
Angleterre. Mais voilà que, instantanément, comme
par le coup de baguette d'un magicien, il se trouvait
dans une ville à l'architecture étrange, devant des
hommes d'une autre race, d'une autre couleur,
parlant une autre langue que celles qu'il connaissait; puis là, dans la rue, au lieu des moineaux
qui s'aventuraient dans les squares de Londres,
sautillaient de grands vautours noirs si familiers
qu'ils daignaient à peine se ranger pour livrer
passage aux promeneurs.

A midi, tout mouvement parut cesser dans la
ville; de rares passants, à l'allure indolente,
rasaient les murs pour chercher l'ombre et se
traînaient plutôt qu'ils ne marchaient. Le ciel

embrasé semblait n'être plus qu'un immense soleil; de fines vapeurs bleues dansaient dans l'air; on respirait avec effort. Vif-Argent, bien qu'assis et immobile, était tout surpris de sentir la sueur inonder son front. C'est que Vera-Cruz est un des points les plus chauds de notre globe, et que les mois de mai, juin et juillet y sont particulièrement intolérables.

L'attention de l'enfant se concentra bientôt sur des mulâtresses qui, accroupies devant des amas de pastèques, d'oranges, de citrons, d'ananas, de vingt fruits inconnus en Europe, bravaient les ardeurs de fournaise de l'air et du sol. De loin en loin, passaient de petites charrettes traînées par deux mules étiques, ou des Indiens courbés sous un fardeau retenu sur leur dos à l'aide d'une courroie posée sur leur front.

Pendant trois heures que dura la sieste de M. Pinson, Vif-Argent ne bougea pas de la fenêtre, ravi de ce qu'il voyait et observait, s'applaudissant de l'heureuse idée qu'il avait eue de se cacher à bord du *Canada;* vingt fois il fut tenté d'exécuter son fameux saut périlleux, et il l'eût fait sans la crainte de réveiller son compagnon.

Lorsque M. Pinson vint le rejoindre à la fenêtre, l'enfant, comme s'il doutait encore, se fit répéter qu'il était bien réellement au Mexique, à Vera-Cruz, dans la capitale de la Terre Chaude.

« Vera-Cruz, petit, lui dit l'ingénieur, a été fondée sur l'emplacement où aborda Fernand Cortez en 1519. Sa forteresse, longtemps réputée imprenable, se rendit en 1839 à l'amiral Baudin ; je crois te l'avoir dit.

— Irons-nous à Mexico, monsieur ? demanda Vif-Argent.

— Non pas ; nous sommes au 30 mai ; demain ou après, à ce que m'a dit le consul, le packet anglais qui fait un service mensuel entre l'Angleterre et le Mexique reviendra de Tampico, et nous nous embarquerons sans retard.

— Sans voir les forêts vierges, les savanes, les singes, les tigres ?

— Nous irons faire une promenade hors de la ville, répondit M. Pinson, et nous regarderons de loin ces forêts et ces plaines qui te trottent si fort par la tête. Quant aux tigres et aux singes, tu en verras autant que tu le voudras au Jardin des Plantes de Paris. »

16.

Vif-Argent n'osa répondre, mais il se sentit le cœur gros. Quoi ! être venu si loin pour s'en retourner sans voir l'intérieur de ce grand pays, où les vautours se promenaient dans les rues, où les perroquets se logeaient par couples sur les palmiers ? Au fond, le petit garçon fit des vœux pour qu'un contretemps semblable à ceux dont il avait déjà été victime vînt déranger les calculs de M. Pinson.

Vers cinq heures du soir, les deux voyageurs se lancèrent à travers la ville, dont les plus hautes maisons n'ont qu'un étage, et qui sont toutes surmontées de terrasses où les habitants s'établissent le soir pour respirer la brise de mer. En moins d'un quart d'heure ils furent hors de la ville, car elle est de médiocre étendue. Quel ne fut pas le désappointement de Vif-Argent, lorsque, au lieu de la belle campagne qu'il s'attendait à découvrir, il se trouva au milieu d'une plaine de sable s'étendant à perte de vue ! Çà et là, de maigres buissons de mimosas, mais pas un arbre, pas un brin d'herbe, pas une fleur. L'enfant n'en revenait pas. Au loin, à l'horizon, se dessinait la silhouette de hautes montagnes dominées par le pic neigeux de l'Orizava.

Les voyageurs regardèrent longtemps ces montagnes, qui courent parallèlement à la mer, et au
sommet desquelles se trouve le plateau de deux
cents lieues de longueur sur lequel est construite
la ville de Mexico, à une hauteur de deux mille
mètres. Cette grande chaîne de monts, découpée,
ramifiée en cent branches, porte le nom de montagnes Rocheuses aux États-Unis, de Cordillères
au Mexique, d'Andes au Pérou.

Les deux explorateurs, après avoir cheminé
quelque temps dans une plaine de sable, dont le
vent du nord change sans cesse l'aspect, se rappro-
chèrent de la mer pour rentrer en ville. Bientôt
Vif Argent fut frappé de la taille, de la forme et
des couleurs des centaines de coquillages qu'il
foulait. Il en emplit ses poches, imité en cela par
M. Pinson, car, selon la judicieuse remarque de
l'ingénieur, ces coquilles, si abondantes sur cette
plage, deviendraient en Europe de véritables
raretés.

A six heures du soir, M. Pinson et Vif-Argent
prirent place à une vaste table d'hôte et mangèrent
des poissons et des fruits inconnus pour eux. Les
conversations en espagnol ne les intéressant guère,

ils se retirèrent aussitôt le repas terminé, afin
d'errer de nouveau dans la ville. Les seuls établis-
sements ouverts étaient des cafés où se vendaient
en abondance des glaces parfumées et des boissons
rafraîchissantes. Vers huit heures, des dames et
des messieurs, vêtus à l'européenne, arpentèrent le
môle, seul lieu de promenade des Vera-Cruzains.
A neuf heures, la ville semblait endormie, et les
gardes de nuit, pourvus de lanternes, armés de
hallebardes et postés aux coins des rues, commen-
cèrent à chanter mélancoliquement les heures.

Le lendemain, vers midi, au moment où le
déjeuner se terminait, un coup de canon retentit.
Chacun se précipita hors de la salle à manger et
courut vers la jetée. Le paquebot mensuel d'Angleterre se distinguait à l'horizon, et son arrivée
mettait en émoi le port de la Vera-Cruz, qui, à cette
époque, ne recevait de nouvelles d'Europe que
par cette voie.

CHAPITRE XX

ENCORE EN ROUTE

M. Pinson et Vif-Argent se rendirent sur la jetée, déjà encombrée par les négociants de la Vera-Cruz et les oisifs. En moins d'une demi-heure, un canot, chargé de lourds sacs de cuirs contenant la correspondance et les journaux d'Europe, aborda la pointe du môle, et des officiers anglais, en grand uniforme, escortèrent les dépêches jusqu'à la demeure de leur consul. M. Pinson apprit alors que le paquebot, en retard de quarante-huit heures, repartirait très probablement le jour même. L'ingénieur courut aussitôt chez l'agent de la *Royal Mail Company*, afin de régler les conditions de son embarquement et de celui de Vif-Argent. L'agent parlait français, et, après avoir griffonné le nom des deux passagers sur une feuille de papier rose, il la leur présenta en disant :

« C'est deux mille trois cent vingt francs que vous avez à me verser. »

M. Pinson fit un soubresaut et pâlit. Il tira son portefeuille, son porte-monnaie, et se mit à compter fiévreusement les sommes qu'ils contenaient. Après avoir récriminé à bord du *Canada*, il n'avait pas voulu laisser son ami payer entièrement pour lui. N'allait-il pas rentrer en Europe alors que Boisjoli, s'il ne trouvait pas d'emploi du jour au lendemain, aurait besoin de toutes ses ressources? En quittant le *Fulton*, où il venait d'être hébergé gratis pendant un mois, M. Pinson avait cru devoir faire largement les choses et s'était montré libéral envers les serviteurs de l'état-major. Au résumé, il lui restait une somme de quatre cents francs, dont il fallait déduire les dépenses faites à l'*Hôtel du Commerce*, dépenses qui montaient à trente francs par jour.

« Monsieur, dit l'ingénieur à l'agent, je voudrais ne payer mon passage et celui de cet enfant qu'une fois arrivé à Southampton; est-ce possible?

— Certes, répondit l'agent, à la condition toutefois que les bagages ou les marchandises que vous allez embarquer représentent une valeur de deux mille trois cent vingt francs. »

Une sueur froide perla sur le front de M. Pinson ; ses quatre chemises, même en y joignant celles de Vif-Argent, ne pouvaient être présentées comme équivalant à une somme de deux mille trois cent vingt francs. Alors l'ingénieur, de la façon la plus pathétique qu'il lui fut possible, entama le récit de sa mésaventure.

« Pardon, monsieur ! lui dit l'agent, j'ai à mettre en règle les papiers du steamer, qui va reprendre la mer à quatre heures, et je ne puis vous écouter plus longtemps, vous devez le comprendre. Versez moi deux mille trois cent vingt francs, je vous fais grâce des centimes.

— Mais ma personne, celle de cet enfant sont des gages ! s'écria M. Pinson. Donnez l'ordre au capitaine du paquebot de ne nous laisser débarquer qu'après avoir été payé : une fois à Southampton, je puis me procurer des fonds en vingt-quatre heures.

— Et si vous ne les recevez pas, reprit l'agent, vous serez en Europe, et le capitaine, forcé de vous nourrir, trouvera plus simple de vous débar-

quer. J'aurai alors à payer de mes deniers les
frais que vous aurez occasionnés à bord, ce à quoi
je ne peux pas m'exposer. Vous êtes un honnête
homme, j'en suis convaincu ; seulement, si vous
voulez vous embarquer, apportez-moi deux mille
trois cent vingt francs ou la caution d'un négociant
de la ville.

— Je suis à Vera-Cruz depuis avant-hier; je ne
connais personne; je suis parti de chez moi... »

L'agent n'écoutait plus; il avait trop à faire.
M. Pinson, atterré, prit la main de Vif-Argent et
l'entraîna chez le consul de France, auquel il raconta
son embarras.

« Que voulez-vous que je fasse à cela? dit le
consul.

— Que vous m'avanciez la somme nécessaire
à mon rapatriement, monsieur, que vous répondiez
pour moi; je suis citoyen français, et...

— Remarquez, monsieur, reprit le consul avec
douceur, que ce n'est pas là une raison suffisante
pour que je vous prête la forte somme que vous
me demandez. Chaque jour, de pauvres émigrants
se trouvent dans le même embarras que vous. Si
j'écoutais mon cœur, j'aurais à débourser cent mille

francs par an, alors que j'en touche dix mille, qui, vu la cherté des vivres, suffisent à peine à mon entretien.

— Je ne réclame de vous qu'une avance, répondit M. Pinson. Grâce à Dieu, je possède une petite fortune qui me permettra de vous rembourser à délai fixe.

— Je veux bien le croire ; néanmoins je ne puis vous donner ce que je ne possède pas. S'il se trouvait ici un navire de guerre français, je m'emploierais pour qu'il vous prît à son bord ; mais, quel que soit mon désir de vous être utile, je ne puis vous prêter l'énorme somme que vous me demandez. »

M. Pinson lutta longtemps ; le consul, avec tristesse, lui opposait toujours les mêmes arguments. Chaque jour il recevait des requêtes semblables à celle de M. Pinson, et, quel que fût son bon vouloir, il était forcé de se boucher les oreilles.

« Que dois-je faire alors ? s'écria l'ingénieur désespéré.

— Écrivez en France que l'on vous envoie des fonds, répondit le consul.

— Mais quand viendra la réponse ?

17

— Elle peut être ici dans trois mois, si votre correspondant est exact.

— Trois mois! s'écria M. Pinson ; je resterais ici pendant trois mois, tandis que ma bonne, mon loyer, mes actions... »

L'ingénieur suffoquait ; quant à Vif-Argent, consterné en apparence, il était tourmenté par une envie démesurée d'exécuter le saut périlleux.

Le consul, de même que l'agent de la Compagnie des paquebots, avait à s'occuper de sa correspondance ; il congédia donc M. Pinson. L'ingénieur se rendit aussitôt à son hôtel, prit l'hôte à part et essaya de l'attendrir.

« Je ne doute pas de votre honnêteté, dit celui-ci ; mais vous conviendrez, monsieur, qu'on ne prête pas de but en blanc trois mille francs à un créancier que l'on connaît depuis deux jours, et qui va mettre deux mille lieues de distance entre vous et lui. »

M. Pinson se fit conduire chez un négociant français, lui exposa sa situation, offrant de rembourser le double, le triple de la somme qu'on lui prêterait. Cette offre produisit l'effet contraire de celui qu'il en attendait. Le négociant déclara n'être pas un usurier, n'avoir pas assez d'argent pour tenter une pareille affaire, et le pauvre M. Pinson se dirigea de nouveau vers la demeure de l'agent des paquebots. Cette fois, il ne put l'aborder.

« Allons, petit, dit-il en ramenant Vif-Argent vers l'hôtel, il est dans notre destinée de vivre trois mois dans cette fournaise ; je vais écrire, puisqu'il le faut. »

M. Pinson commençait à peine sa lettre qu'un coup de canon retentit. Il courut vers la fenêtre ; la cheminée du paquebot vomissait des flots de fumée. Le grand steamer, le pavillon anglais flottant à sa poupe, s'ébranla, salua le fort de Saint-Jean-d'Ulloa, et, s'engageant entre les récifs, gagna la haute mer.

M. Pinson crut à une simple manœuvre, mais il fallut vite se convaincre de la réalité. Le paquebot partait, et son départ condamnait l'ingénieur à rester un mois de plus à la Vera-Cruz.

Pendant dix minutes il regarda l'horizon, comme s'il espérait voir le navire revenir en arrière et rentrer dans le port. Un léger bruit le fit se retourner, et il demeura bouche béante en apercevant Vif-Argent la tête en bas, les jambes en l'air.

Lorsque l'enfant retomba sur ses pieds, il rougit jusqu'aux oreilles et baissa les yeux d'un air embarrassé.

« Te réjouirais-tu, par hasard, de la déplorable situation dans laquelle nous nous trouvons? dit l'ingénieur avec sévérité. Ne sais-tu pas, malheureux, que nous sommes à plus de deux mille lieues de France, sans ressources et destinés peut-être à mourir de faim? Ne sais-tu pas?...

— Nous travaillerons, monsieur, répondit l'enfant; après tout, il ne doit pas être plus terrible d'être perdu à la Vera-Cruz que dans Londres. Nous ne parlons pas espagnol, c'est vrai, mais il y a dans cette ville des Anglais et des Français; nous irons leur demander de l'ouvrage. Puis, si le consul ne peut pas vous prêter d'argent, il nous aidera à nous faire gagner le pain dont nous avons besoin pour vivre.

— J'ai peur de tout, petit, répliqua M. Pinson d'un ton radouci. Travailler, cela est facile à dire. Crois-tu que, du jour au lendemain, on me confie des travaux dans cette ville, où je suis inconnu?

— M. Boisjoli n'est pas connu à New-York, et...

— Boisjoli! s'écria M. Pinson, tu choisis bien ton

heure pour nommer ce... Je me tais. Boisjoli, petit, a sur lui ses diplômes, ses certificats, des lettres de recommandation, et assez d'argent pour vivre deux années sans rien faire, pour regagner la France, s'il le veut. Que viens-tu parler de Boisjoli et comparer sa position à la nôtre ? »

Jusqu'à la nuit, M. Pinson se promena de long en large dans la chambre. Vif-Argent, voyant son inquiétude, se tint immobile dans un coin, n'osant lui parler. La cloche appelait pour le dîner, et M. Pinson semblait ne pas l'entendre.

« Monsieur, lui dit Vif-Argent, si nous mangions encore aujourd'hui, ce serait autant de gagné. »

M. Pinson secoua la tête, et les deux voyageurs descendirent dans la salle à manger. Vif-Argent dîna copieusement, et, tout bas, il engagea plusieurs fois son compagnon, qui oubliait souvent de se servir, à l'imiter. L'enfant, accoutumé à vivre au jour le jour, à compter sur la Providence pour son dîner du lendemain, se montrait surpris des inquiétudes de son compagnon. Il l'entendit se promener de long en large une partie de la nuit, et, attristé de le voir si préoccupé, il dormit lui-même assez mal.

Aussitôt après le déjeuner, M. Pinson se rendit chez le consul.

« Je me suis occupé de vous, monsieur, lui dit le fonctionnaire, car votre position m'intéresse vivement; par malheur, je n'ai rien de bon à vous annoncer. Il y a dans le port un navire français dont le capitaine consent à vous ramener en France. Seulement il doit aller prendre un chargement à Campêche et ne partira guère pour le Havre avant un mois et demi.

— Cela vaut mieux que de rester ici quatre mois! s'écria M. Pinson; j'accepte donc.

— Remarquez, dit le consul, que le mois et demi du capitaine doit, avec les retards qu'éprouvent toujours les navires à voiles dans ces régions, s'estimer à deux mois au moins; deux mois seront ensuite nécessaires pour atteindre l'Europe, et peut-être auriez-vous avantage à écrire et à prendre le paquebot aussitôt que vous aurez reçu des fonds.

— En attendant, de quoi vivrai-je? dit l'ingénieur.

— Monsieur, reprit le consul, si deux mille cinq cents francs dépassent les ressources dont il m'est permis de disposer, je puis vous prêter quelques centaines de francs. »

M. Pinson pressa la main du consul avec émotion.

« Voyons, continua celui-ci, examinons votre situation. La vie est chère à Vera-Cruz : vous n'y vivrez pas, avec votre petit compagnon, à moins de vingt francs par jour. En outre, la fièvre jaune commence à sévir, et vous ne devez pas vous exposer inutilement à ses atteintes. Partez pour Jalapa ou Orizava; vous attendrez là le moment de vous embarquer, et vous serez à l'abri de la terrible maladie qui, dans la saison des pluies, transforme Vera-Cruz en une véritable nécropole. »

Ces conseils étaient trop sages pour que M. Pinson ne se décidât pas à les suivre. Muni d'une lettre de recommandation pour un négociant de Jalapa, il prit congé du fonctionnaire, qui l'autorisa, en cas de besoin, à tirer sur lui pour une somme de trois cents francs. Ses comptes à l'hôte réglés, et après l'achat d'un revolver, de souliers et de cannes pour lui et Vif-Argent, il restait encore à l'ingénieur deux cents francs environ. Le surlendemain, à la pointe du jour, munis de renseignements écrits, pourvus d'un petit manuel de phrases espagnoles, M. Pinson et Vif-Argent sortaient de Vera-Cruz et s'engageaient dans la plaine de sable qui l'entoure. Ils avaient, pour atteindre Jalapa, à franchir une distance de cent vingt kilomètres, et devaient traverser des bois remplis de singes, des savanes peuplées de taureaux; aussi, dans sa hâte de jouir de ce spectacle, Vif-Argent eût-il voulu courir, au lieu de marcher.

CHAPITRE XXI

LA FIÈVRE JAUNE

Aussitôt qu'il eut dépassé les murs de Vera-Cruz, Vif-Argent ne prit plus la peine de dissimuler la joie qu'il ressentait. Il allait donc enfin visiter des forêts vierges, voir de près ces pays du Nouveau-Monde que son imagination, mise en éveil par les aventures de Robinson, excitée depuis par les récits de l'équipage du *Fulton,* lui représentait comme une sorte de paradis planté d'arbres aux feuilles d'azur, aux fleurs d'or, aux fruits de diamants. Quant à M. Pinson, il semblait avoir pris son parti du nouveau voyage que les circonstances le forçaient d'entreprendre ; mais, devenu méfiant, il se demandait si des incidents inattendus n'allaient pas l'entraîner vers le point opposé à celui qu'il voulait atteindre, le conduire à Mexico, alors qu'il croyait se rendre à Jalapa.

17.

Pendant une heure, les deux voyageurs cheminèrent sur des monticules d'un sable mouvant,
Sahara en miniature, que le vent du nord, ce
simoun des côtes mexicaines, bouleverse et modifie
sans cesse. Pas d'autre végétation que celle des
mimosas rabougris, desséchés, altérés, auxquels
se mêlaient çà et là des cactus. De loin en loin,
de gros lézards, à la robe verte ou grise, traver-
saient la route ou disparaissaient au fond d'un
trou. La chaleur était si suffocante que Vif-Argent,
la tête basse, regardait à peine autour de lui, et
s'abreuvait à chaque instant à la gourde remplie
d'eau dont M. Pinson l'avait pourvu.

« Est-ce que nous allons marcher dans le sable
jusqu'à Jalapa, monsieur ? demanda soudain l'enfant à son compagnon.

— D'après l'itinéraire que le consul m'a tracé,
répondit l'ingénieur, nous avons six kilomètres de
dunes à franchir avant de fouler une terre solide.
Or, comme, sur trois pas que nous faisons en
avant, le sable, en s'écroulant, nous force à reculer
d'un, c'est huit kilomètres qu'il faut compter.

— Il n'est ni beau ni gai, monsieur, ce che-
min-là.

— Sans compter qu'il est fatigant comme le sont tous les terrains mobiles pour les bipèdes. C'est même là une des causes promotrices de l'invention des routes. Mais ne bois pas si souvent, petit; cela n'est pas sain. »

Pendant une demi-heure encore, M. Pinson et Vif-Argent cheminèrent silencieux. Ils atteignirent le pied d'une colline de sable, la plus haute qui se fût encore présentée. L'ascension fut pénible; la bouche sèche, les yeux brûlés par la réverbération du sable, les voyageurs haletaient. Parvenus au sommet, ils s'arrêtèrent un instant; devant eux, à une distance de deux kilomètres environ, apparaissait une ligne de verdure.

« Est-ce une forêt vierge? demanda aussitôt Vif-Argent.

— Je ne crois pas, dit M. Pinson en souriant; les forêts vierges ne doivent pas se trouver au bord des grandes routes. Nous sommes sur une des branches du chemin qui conduit de Vera-Cruz à Mexico, chemin construit par les Espagnols et semé, m'a-t-on dit, de travaux dignes des Romains. Cependant, jusqu'ici, je n'ai rien trouvé que je puisse admirer. »

Les deux voyageurs s'étant retournés pour mesurer le terrain qu'ils avaient parcouru, leurs regards se perdirent sur la mer étincelante. M. Pinson, que la chaleur incommodait outre mesure, se plaignait d'avoir mal à la tête ; il hâta le pas pour gagner les arbres qui, de loin, semblaient former un petit bois.

L'ingénieur se laissa tomber plutôt qu'il ne s'assit au pied du premier arbre qu'il rencontra, maigre gommier au feuillage poussiéreux. Vif-Argent, exténué lui-même de cette marche dans un sable surchauffé, ne remarqua même pas que les oiseaux qui s'enfuirent à son approche du gommier n'étaient rien de moins que deux perroquets.

A peine à l'ombre, M. Pinson s'étendit sur le sol et s'endormit. Vif-Argent, après avoir bu copieusement et s'être reposé, retrouva sa curiosité.

« Décidément, pensa-t-il, il est plus rude de se promener autour de la Vera-Cruz que dans les rues de Londres. Quel soleil ! On croirait que ce n'est pas le même que celui d'Angleterre, tant il est large, rouge et ardent. »

Regardant autour de lui, il s'aperçut alors que les touffes d'herbe sur lesquelles il était assis ne ressemblaient pas non plus à celles des pelouses de Londres, et il se leva d'un bond en voyant s'avancer un grand scarabée à la tête surmontée d'une longue corne.

« Ce sont les moineaux anglais qui seraient contents de happer un hanneton de cette taille-là! s'écria-t-il; ils croiraient en prendre trois à la fois. »

L'insecte grimpa le long d'une branche du buisson, et Vif-Argent vit avec admiration qu'il était plus gros qu'un oiseau au plumage vert d'émeraude qui, comme une abeille, vint voltiger au-dessus d'une fleur.

Vif Argent allait poursuivre le mignon oiseau, lorsque apparut un essaim de grands papillons aux ailes rouges, bleues, noires, jaunes, blanches, argentées ou dorées. Quel spectacle! L'enfant crut voir un bouquet de fleurs éparpillées dans l'air; il se mit à courir après les beaux lépidoptères. La chaleur le ramena vite près de son compagnon.

L'ingénieur, le front couvert de sueur, dormait toujours. Vif-Argent, assis près de lui, commençait à s'inquiéter de ce long sommeil et se demandait ce qu'il ferait si un lion, un tigre ou un boa ap-

paraissait à l'improviste. Deux âniers, qui chas-
saient devant eux des bêtes étiques chargées de
poteries, passèrent sur la route et saluèrent Vif-
Argent. Celui-ci, surpris de voir des hommes
vêtus d'un simple caleçon de bain braver ainsi
les ardeurs du soleil, les aurait pris pour des
sauvages sans le salut dont ils l'honoraient. Un peu
plus tard, sept ou huit Indiens, portant des cos-
tumes différents, selon les villages auxquels ils ap-
partenaient, et tous chargés de fardeaux, défilèrent
successivement. Vif-Argent, que la politesse de
ces indigènes ne rassurait qu'à moitié, secoua doucement M. Pinson.

« Quoi? qui est là ?... Boisjoli? dit l'ingénieur.

— C'est moi, monsieur, répondit Vif-Argent.
Ne pensez-vous pas à vous remettre en route?

— En route pour Liverpool, pour Calais, pour
les îles Vierges... Nage, nage, petit, la bouée te
soutiendra. »

Vif-Argent, frappé de ces paroles incohérentes
et des regards fixes de son interlocuteur, le secoua de nouveau.

« Réveillez-vous, monsieur, lui dit-il. Vos regards, vos paroles... vous me faites peur! »

M. Pinson, en proie à la fièvre, ne répondit pas ; un flot de sang noir s'échappa de ses lèvres, et Vif-Argent poussa un cri. L'enfant se savait en route pour fuir Vera-Cruz, où régnait le *vomito negro* ou fièvre jaune, et son compagnon, à n'en pas douter, était en proie à la terrible maladie.

Durant un quart d'heure, Vif-Argent, effrayé et pleurant, essaya de décider M. Pinson à se lever et à marcher. Vains efforts : ou l'ingénieur délirait, ou il se tenait immobile, inerte. Soudain l'enfant secoua la tête avec énergie.

« C'est bête de pleurer, dit-il, et ça n'avance à rien. »

Il essuya ses larmes et alla se poster sur la route pour épier un passant.

Plus d'une heure s'écoula, heure qui parut bien longue au pauvre Vif-Argent. Enfin il aperçut un convoi de mules, courut vers un des conducteurs, et, le prenant par la main, l'amena vers M. Pinson.

Le muletier, surpris de rencontrer deux Européens à pied sur cette route, interrogea Vif-Argent en espagnol ; celui-ci répondit en français, puis en anglais, ce qui ne débrouilla guère la situation. Le muletier appela ses compagnons ; ils éta-

blirent l'ingénieur sur le bât d'une de leurs mules,
et le convoi reprit la route de Vera-Cruz, où il arriva vers cinq heures du soir.

Dans l'hôtel mexicain où se logèrent les mule-
tiers, se trouvait une négresse originaire de la
Jamaïque ; elle servit d'interprète à Vif-Argent,
qui, subitement, redevint le petit homme avisé
qu'il était à Londres, alors qu'il devait conquérir
chaque jour sa subsistance. Il ne fit rien à la légère.
Après s'être informé du prix et l'avoir débattu, il
fit installer M. Pinson dans une chambre assez
confortable et envoya chercher un médecin.

Le docteur arriva bientôt ; après un sérieux examen, il déclara M. Pinson bien réellement atteint
de la fièvre jaune ; par bonheur, la maladie se pré-
sentait avec ses caractères ordinaires, auxquels
un homme doué d'une constitution robuste peut
résister.

« Si le malade est convenablement soigné, dit
l'homme de l'art, et s'il ne survient aucun incident,
dans huit jours il sera hors de danger. »

Il y eut quelques complications. Durant deux
semaines, à toute heure du jour et de la nuit,
M. Pinson, chaque fois qu'il ouvrit les yeux, aper-

çut Vif-Argent penché vers lui, une tasse de tisane
à la main. L'enfant le soulevait, le faisait boire,
puis le recouchait doucement. L'ingénieur voulait
parler, mais sa faiblesse était si grande qu'il pouvait à peine articuler quelques mots.

« Vous savez, monsieur, lui dit un matin
Vif-Argent, que vous voilà en pleine convales-
cence, et que vous allez manger aujourd'hui
un œuf.

— Je te dois la vie, petit, dit l'ingénieur
d'une voix éteinte. Je ne pouvais parler tous ces
jours-ci, mais j'avais ma tête et j'observais; tu
t'es conduit comme un homme.

— Comme quelqu'un qui vous aime, monsieur,
et qui doit rendre compte de vous à M. Boisjoli.

— Boisjoli! s'écria M. Pinson, qui essaya de se
redresser; n'est-ce pas lui?...

— Chut! chut! dit Vif-Argent. Ne parlons pas
de ce qui vous fâche; le médecin vous défend les
émotions. Il m'a prévenu que votre convales-
cence sera longue, mais cela nous est égal;
l'important, c'est que vous êtes guéri. »

M. Pinson attira l'enfant vers lui et l'embrassa.

« Cher petit, murmura-t-il, qui m'eût dit, le

jour ou plutôt la nuit où je te rencontrai dans les rues de Londres?...

— Voilà une émotion! s'écria Vif-Argent, qui se dégagea, et, encore une fois, elles vous sont défendues. »

Quatre jours plus tard, M. Pinson put se lever, s'habiller et s'installer sur un fauteuil. Il ne pouvait encore marcher et se dépitait de se sentir sans forces. Il voulut se regarder dans une glace, et il eut peine à se reconnaître, tant ses joues étaient creuses, sa barbe longue, son teint pâle. Ce qui le consola, c'est qu'il se sentait un grand appétit.

A dater de ce jour, l'ingénieur passa de longues heures assis près de la fenêtre de sa chambre; de là, il découvrait la mer et respirait avec bonheur sa brise fortifiante. Une semaine plus tard, il put descendre dans la cour de l'hôtel et se promener à l'aide d'une canne.

Vif-Argent, si assidu au chevet du malade tant qu'il avait gardé le lit, disparaissait maintenant le matin pour ne reparaître qu'une ou deux fois dans la journée.

« Pauvre petit! pensait M. Pinson, il est resté

tant de jours prisonnier, qu'il a besoin d'un peu de liberté. »

Cependant, étonné de voir l'enfant s'absenter de plus en plus, il crut devoir lui en parler.

« Tu ne vas pas courir les rues avec les polissons du cru, je suppose? lui dit-il un soir que le petit homme semblait exténué et dormait debout.

— Moi! certainement non, je me promène.

— Que ne restes-tu près de moi? Je commence à marcher assez vite; hier, je suis allé jusqu'au bord de la mer; j'étudie l'espagnol.

— Moi aussi, monsieur, mais je l'étudie sur le port, en écoutant le monde. Du reste, allez toujours sur le bord de la mer, le médecin l'a recommandé. »

Après être demeurées quelque temps stationnaires, les forces de M. Pinson, dont l'excellente constitution prit enfin le dessus, revinrent rapidement. Plusieurs fois alors il interrogea Vif-Argent sur les dépenses faites à l'hôtel, et il remarqua que l'enfant éludait cette question.

« Il n'y a plus d'argent dans ma bourse, petit, dit un soir M. Pinson.

— C'est vrai, monsieur, les médecins, les pharmaciens et les poulets coûtent cher ici; mais nous ne sommes pas encore morts de faim, c'est l'essentiel.

— Il faut que je me décide à parler à l'hôte, à le prévenir qu'il ne perdra rien, qu'au besoin le consul...

— Je lui ai dit tout cela, répliqua Vif-Argent. Ne vous inquiétez pas, et surtout allez vous promener au bord de la mer.

— Voyons, petit, ne m'y laisse pas aller seul; cela me contrarie de te savoir errant des jours entiers dans cette ville...

— Bien, monsieur, je ferai ce que vous voudrez. »

En dépit de cette promesse, Vif-Argent s'esquivait chaque matin, et M. Pinson jugea nécessaire de le rappeler à l'ordre. Un jour que Vif-Argent avait disparu, M. Pinson résolut de descendre dans la ville. Sous le porche de la grande porte, il rencontra le maître d'hôtel et se crut obligé de lui parler de son séjour prolongé chez lui, de ses dépenses.

« Restez tant que vous voudrez, señor, répondit l'hôtelier; quand on paye sa quinzaine rubis sur l'ongle, comme vous le faites, les affaires sont bonnes.

— Ma quinzaine ! répéta machinalement M. Pinson.

— Votre petit garçon, señor, n'a jamais manqué de me la remettre, et, pas plus tard qu'hier au soir, il m'a versé les jours échus.

— Alors... je ne vous dois rien ? demanda M. Pinson avec hésitation.

— Rien, » répondit l'hôtelier.

M. Pinson ne répondit pas et se dirigea vers le centre de la ville. La chaleur était accablante; mais l'ingénieur était surpris lui-même de sa vigueur, de son pas redevenu alerte. Tout en marchant, il regardait autour de lui. Les rues de Vera-Cruz ne sont jamais bien animées, surtout au milieu du jour. M. Pinson arriva à la place de la Douane, en face de la jetée. Là se manifestait un peu de vie : des matelots, suant à grosses gouttes, transportaient des peaux de chèvres, des caisses d'indigo, des ballots de cochenille, des lingots d'or et d'argent, tout ce qui constitue le commerce du Mexique avec l'Europe. Vers la gauche s'amoncelaient d'énormes barriques de farine et de lard, importation des États-Unis. Une de ces barriques, débouchant de la jetée, semblait rouler toute seule vers la douane. A mesure qu'elle avançait, M. Pinson la regardait avec plus de curiosité. Soudain, derrière cet énorme fardeau, il aperçut Vif-Argent qui le poussait en raidissant les bras.

M. Pinson demeura un instant bouche béante, dévorant du regard son petit compagnon ; celui-ci venait de s'arrêter pour reprendre haleine et pour essuyer la sueur qui perlait sur son front. Une émotion indicible serra le cœur de M. Pinson ; il comprenait enfin la cause des absences de l'enfant. Alors qu'il le croyait occupé à vagabonder, à se divertir, Vif-Argent travaillait pour...

M. Pinson s'élança. Avant que le petit garçon, surpris de le voir paraître, eût pu prononcer un seul mot, il était enlevé de terre et pressé contre la poitrine de l'ingénieur, qui pleurait.

CHAPITRE XXII

RETOUR DE FORTUNE

« Monsieur, dit Vif-Argent en essayant de se dégager, on nous regarde.

— Tant mieux! s'écria M. Pinson, je voudrais, petit, que toute la ville connût ta conduite, que Boisjoli surtout... »

L'ingénieur s'interrompit pour embrasser de nouveau Vif-Argent, puis il reprit :

« Voilà donc l'explication de ce problème que je trouvais étrange! Tandis que je mangeais du poulet, que je buvais du bon vin, tu!... Et j'avais la sottise de croire que tu t'amusais!

— Je m'amusais aussi, monsieur, n'en doutez pas. Si nous ne devons rien à l'hôtel, si vous avez pu manger du poulet, ainsi que le médecin le recommandait, cela tient à ce que j'avais en réserve le cadeau des passagers du *Canada*. C'est seulement il y a quinze jours, quand j'ai vu nos

pièces de cent sous, que l'on nomme ici des pias-
tres, s'envoler comme de vrais oiseaux, que je me
suis mis à réfléchir. Il me semblait que, dans une
ville pareille à celle-ci, il ne devait pas être difficile de trouver de l'ouvrage. Je ne me trompais
pas. Il y avait à peine une heure que je rôdais
sur la jetée, quand un canot américain aborda.
Le contre-maître qui le dirigeait cherchait un com-
missionnaire pour rouler jusqu'ici les barils qu'on
allait débarquer. J'offre mes services ; le contre-
maître, enchanté de m'entendre parler anglais,
accepte tout de suite. Depuis lors, j'ai continué
le métier, il n'est pas difficile.

— Pas difficile ! s'écria M. Pinson. Oh ! le brave
petit homme ! il remue des fardeaux plus gros que
lui sous un soleil torride, et !... Repose-toi, enfant,
là-bas à l'ombre ; c'est à mon tour de travailler.

— Monsieur, s'écria Vif-Argent, retournez à
l'hôtel, et ne vous exposez pas à retomber malade ;
d'ailleurs, ce travail n'est pas fait pour vous.

— Tu te trompes, mon enfant, tout travail
est honorable, et tu le prouves victorieusement.
Voyons, ta tâche consiste à amener ces barils
de la jetée en face de la douane ?

— Oui, monsieur; mais laissez-moi rouler mes barils; je vous reconduirai à l'hôtel quand ils seront en place.

— Ils y seront d'autant plus vite, petit, que nous allons y travailler à deux. »

M. Pinson, en dépit des réclamations, des prières de Vif-Argent, mit habit bas et l'aida à rouler les barils. La vue de cet homme de race blanche exécutant un travail qui, aux colonies, est l'apanage des gens de couleur, attira vite les curieux, et, parmi eux, le consul qui sortait de la douane.

« Vous ici, monsieur! s'écria le fonctionnaire stupéfait... et travaillant à !... Mais comme vous êtes pâle! Avez-vous donc été malade ? »

En deux mots, M. Pinson raconta son départ, sa maladie, la conduite de Vif-Argent.

« Comment n'as-tu pas songé, mon enfant, dit le consul au petit garçon, à venir me trouver pour me raconter ces choses ?

— Je ne savais pas, monsieur, si je serais reçu chez vous; puis la mère Pitch, une de mes amies, m'a toujours dit qu'il valait mieux demander du travail que la charité. Si les matelots ne m'avaient pas donné de l'ouvrage, je serais allé vous trouver plutôt que de laisser M. Pinson manquer de rien. »

Le consul avait entraîné l'ingénieur à l'ombre des bâtiments de la douane.

« Monsieur, lui dit-il, je vous ai écrit il y a trois jours vous croyant à Jalapa. Vous savez sans doute que le steamer anglais que nous attendions a péri.

— Non, s'écria M. Pinson, qui se tourna du côté de Vif-Argent.

— C'est une nouvelle que je n'ai pas voulu vous donner, monsieur, répondit l'enfant en baissant la tête ; je savais que cela vous contrarierait, et...

— Bon ! s'écria l'ingénieur, voilà notre captivité prolongée d'un mois.

— Qu'est-ce que cela fait ? dit Vif-Argent, vous n'avez plus rien à craindre de la fièvre jaune...

— Mais toi, petit ?

— Moi, je ne suis pas en danger ; la fièvre jaune, à ce qu'il paraît, n'aime pas les enfants.

— C'est pour cela qu'elle les tue, murmura le consul.

— Voyons, monsieur, ajouta-t-il en se tournant

vers M. Pinson, voulez-vous bien venir me voir
demain matin ? Nous causerons. »

M. Pinson promit d'être exact ; puis, en dépit
des prières du consul, qui se joignit à Vif-Argent
pour l'engager à retourner à l'hôtel, l'ingénieur
voulut aider son petit compagnon dans l'achève-
ment de sa tâche.

Le lendemain, à l'heure qui lui avait été indi-
quée, M. Pinson pénétrait chez le consul.

« Voici, dit le fonctionnaire en prenant un
rouleau de papier et en le présentant à l'ingénieur,
un projet de reconstruction de la jetée de Vera-
Cruz. Il y a, dans ce rapport, des calculs sur
la force de résistance que peuvent offrir aux vagues le fer, le bois, les pierres, calculs que je
ne crois pas exacts, autant que j'en puis juger. Je
désirais les faire examiner par un homme com-
pétent. Voulez-vous vous charger de ce travail
et me soumettre vos remarques ?

— Je vous demande quatre jours, dit M. Pinson
après avoir feuilleté les documents qu'on lui pré-
sentait.

— Prenez le temps qu'il vous faudra, dit le
consul ; rien ne presse. »

Rentré à l'hôtel, M. Pinson, dont les forces revenaient à vue d'œil, se mit aussitôt à l'œuvre. Il avait compris que le consul le dédommagerait de son travail ; aussi s'opposa-t-il à ce que Vif-Argent retournât sur le port.

« Laisse faire, petit ; si la nécessité nous y force, nous irons travailler ensemble, et tous les métiers nous seront bons. En attendant, étudie l'espagnol.

— Je commence à pouvoir m'expliquer un peu, » dit Vif-Argent.

En effet, avec la facilité qu'ont les enfants pour apprendre une langue étrangère, surtout lorsqu'ils veulent se donner un peu de peine, Vif-Argent parlait déjà suffisamment pour se tirer d'embarras.

Cinq jours après avoir reçu le mémoire, M. Pinson le reportait couvert de notes et de remarques. Le consul, à titre d'acompte, remit deux cents francs à l'ingénieur et lui laissa espérer que les travaux projetés pourraient lui être confiés. Mais quinze jours s'écoulèrent sans que M. Pinson entendît parler de rien. Ses forces étaient complètement revenues et son appétit augmentait d'une façon formidable.

« En vérité, petit, dit-il un matin à Vif-Argent, plus notre argent s'épuise, plus j'ai faim. Le consul ne donne pas signe de vie, et je crois qu'il va nous falloir retourner sur le port.

— Si vous m'aviez laissé faire, monsieur, nous aurions déjà de l'argent de côté. »

Ce même soir, un mulâtre vint prévenir M. Pinson que le consul le recevrait le lendemain à neuf heures. L'ingénieur fut exact au rendez-vous.

« La perte du paquebot anglais sur les récifs des *Scorpions* est confirmée, dit le fonctionnaire à M. Pinson sans autre préambule ; je vous donne brusquement cette nouvelle, monsieur, car elle ajourne votre retour en Europe, et vous voilà l'hôte forcé du Mexique pour six mois environ. »

M. Pinson baissa la tête, il songeait à la rue Nollet, à Boisjoli, à Liverpool, au *Fulton*, et ne répondait pas.

« Vous êtes ingénieur, et habile ingénieur, reprit le consul, je le sais maintenant, car j'ai soumis le travail que vous m'avez remis à l'architecte de la ville, et il ne me reste aucun doute sur vos capacités. »

M. Pinson releva la tête.

18.

« Je vous demande pardon de ces préliminaires, reprit le consul, mais j'ai à vous faire de sérieuses propositions. Je vous ai dit, monsieur, que je vous avais écrit à Jalapa où je vous croyais installé.

— Oui, dit M. Pinson.

— Il est bien entendu que vous êtes sans ressources, et qu'il vous faut attendre au moins cinq mois avant de pouvoir regagner la France ? »

M. Pinson éleva et baissa la tête en signe d'affirmation.

« Eh bien, un riche propriétaire de la Terre Chaude, don Ambrosio Lerdo, a le projet d'introduire sur son domaine tous les progrès modernes, de les substituer aux vieux errements qui tiennent le Mexique si arriéré au point de vue de l'agriculture et du commerce. Don Ambrosio Lerdo m'a écrit de lui faire venir d'Europe, de France, un ingénieur capable de réaliser ses désirs. Don Ambrosio offre trente mille francs d'appointements par an ; j'ajoute — ce que ne dédaigne jamais un Français — qu'il y a de la gloire à recueillir en se chargeant d'une pareille entreprise. Le mémoire que je vous ai prié d'étudier m'a **prouvé** votre savoir; voulez-vous, pour trois ans, devenir l'ingénieur en chef du domaine de la Héronnière, vous charger d'employer utilement les millions que don Ambrosio est disposé à dépenser? »

M. Pinson demeura silencieux, rêveur. Ainsi, après l'incroyable série d'aventures qui, en dépit de sa volonté, l'avait amené de Batignolles à Vera-Cruz, voilà qu'on lui offrait une de ces positions comme Boisjoli avait rêvé d'en conquérir une. Oh! la destinée!

« Il vous faut sans doute quelques jours pour réfléchir? » dit le consul.

M. Pinson garda encore le silence. Une contrée à civiliser, trente mille francs par an à gagner, l'offre eût tenté un homme moins ambitieux que lui. Néanmoins il allait refuser, lorsqu'il songea soudain à Vif-Argent. Trente mille francs par an, il y avait là de quoi enrichir le petit garçon auquel il devait la vie et dont il voulait faire un homme.

« J'accepte, monsieur, dit-il en se levant, et je vous remercie du fond du cœur. »

Deux heures plus tard, M. Pinson apposait sa

signature au bas d'un acte en vertu duquel il
s'engageait à exécuter, avec tout le soin et l'art
dont il était capable, les travaux nécessaires pour
faire de la Héronnière un domaine modèle.

» C'est votre fortune que cet acte, dit le consul
à l'ingénieur ; don Ambrosio offre cent pour donner mille, et vous allez vivre dans un pays vierge
où la fièvre jaune ne règne pas. »

Quand M. Pinson rentra à l'hôtel, où il trouva
Vif-Argent aux prises avec un thème espagnol,
il s'approcha sans mot dire, plongea ses mains
dans ses poches et les retira pleines d'onces d'or
qu'il jeta brusquement sur la table. Vif-Argent
bondit et regarda son compagnon, qui, le prenant
dans ses bras, le serra avec force.

« Monsieur, dit enfin l'enfant en voyant son compagnon puiser de nouvelles onces d'or dans ses
poches, à qui donc appartient tout cet argent?

— A moi, à toi, petit.

— Qui vous l'a donné ?

— La Providence ; elle veut que tu sois riche,
elle vient de me mettre à même de te payer en
partie la dette que je te dois. »

M. Pinson, s'asseyant alors, raconta tout au long

à son petit ami son entrevue avec le consul. Vif-Argent, durant ce récit, ne craignit pas d'exécuter à plusieurs reprises son fameux saut périlleux.

« Ainsi, monsieur, dit-il, nous allons vivre dans les forêts vierges !

— Oui, petit, et même les défricher.

— Et cet or, qu'allez-vous en faire ?

— Il va nous servir à nous équiper, à acheter une partie des instruments dont j'ai besoin.

— Est-ce que vous allez tout dépenser ?

— Je ne sais pas ; d'ailleurs, nous avons un crédit illimité. »

Vif-Argent devint pensif.

« Eh bien, lui dit M. Pinson, à quoi songes-tu ?

— Vous êtes si bon, monsieur, que je vais vous l'avouer. Cela vous gênerait-il de me rendre les deux cents francs que m'avaient donnés les passagers du *Canada ?*

— Non, certes, mon enfant ; mais que veux-tu faire de ces deux cents francs ?

— Je voudrais les envoyer à la pauvre mère Pitch ; je voudrais être certain qu'elle aura du feu l'hiver prochain. »

M. Pinson embrassa de nouveau Vif-Argent,

et lui promit d'envoyer non pas deux cents, mais cinq cents francs à la bonne mère Pitch.

Pendant une semaine, M. Pinson et Vif-Argent fouillèrent les magasins de Vera-Cruz, afin de s'équiper et de se procurer les instruments dont l'ingénieur pensait avoir besoin. M. Pinson écrivit longuement à son propriétaire, puis à sa vieille bonne pour qu'elle réglât ses affaires, et confia ses lettres au consul. Quinze jours plus tard, don Ambrosio Lerdo étant prévenu de leur arrivée, M. Pinson et Vif-Argent, conduits par le consul, montèrent à bord d'une petite goélette. Ils devaient gagner Alvarado, remonter le fleuve Papaloapam, puis s'engager dans les terres vierges. M. Pinson avait bravement pris son parti de sa nouvelle destinée, mais sans cesser néanmoins de maugréer de temps à autre contre Boisjoli. Quant à Victor Brigaut, dit Vif-Argent, il était naturellement au comble de ses vœux.

La goélette mit à la voile ; la forteresse de Saint-Jean-d'Ulloa disparut à l'horizon, et, longeant la côte sud du golfe du Mexique, les voyageurs regardèrent vers l'*hacienda* de la *Héronnière*, dernière étape de leur étrange voyage.

Et le *Fulton* ? le *Davis* ?

M. Pinson conservait un trop vif souvenir des bontés du commodore, de celles de ses officiers et de son équipage, pour ne pas s'intéresser à leur sort. Aussi, à son départ de Vera-Cruz, avait-il prié le consul de lui communiquer ce qu'il pourrait apprendre sur les deux ennemis. Trois mois après son arrivée à la Héronnière, l'ingénieur fut enfin satisfait. Le consul, fidèle à sa promesse, lui manda que le *Davis,* surpris par le vent du nord et acculé contre les rivages du Texas, avait échoué sur des rochers. L'humanité ayant alors repris ses droits, le commodore et ses matelots avaient exposé leur vie pour sauver celle de leurs adversaires, et ils y avaient en partie réussi. Dans le capitaine du *Davis,* devenu son prisonnier, le commodore avait reconnu avec douleur son cousin germain, et dans l'équipage du corsaire les matelots du *Fulton* retrouvèrent qui un frère, qui un ami. Telle est l'inévitable conséquence des guerres impies, c'est-à-dire des guerres civiles. Le frère tue le frère, l'ami l'ami, et chaque coup porté frappe la mère commune, la patrie.

En face de ses prisonniers, qu'il songeait au-

trefois à pendre, le commodore fut désarmé. Il
s'employa près du gouvernement fédéral pour obtenir la grâce des coupables, et fut assez heureux
pour réussir. Puisse la France, si cruellement
éprouvée, ne plus connaître désormais d'autres
guerres que celles provoquées par l'étranger !

Quant à Boisjoli, saurons-nous jamais s'il a
connu la suite de l'odyssée de son ami?

Peut-être.

FIN

TABLE DES CHAPITRES

FIN DE LA TABLE

Paris. — Imp. A. QUANTIN, 7, rue Saint-Benoît.

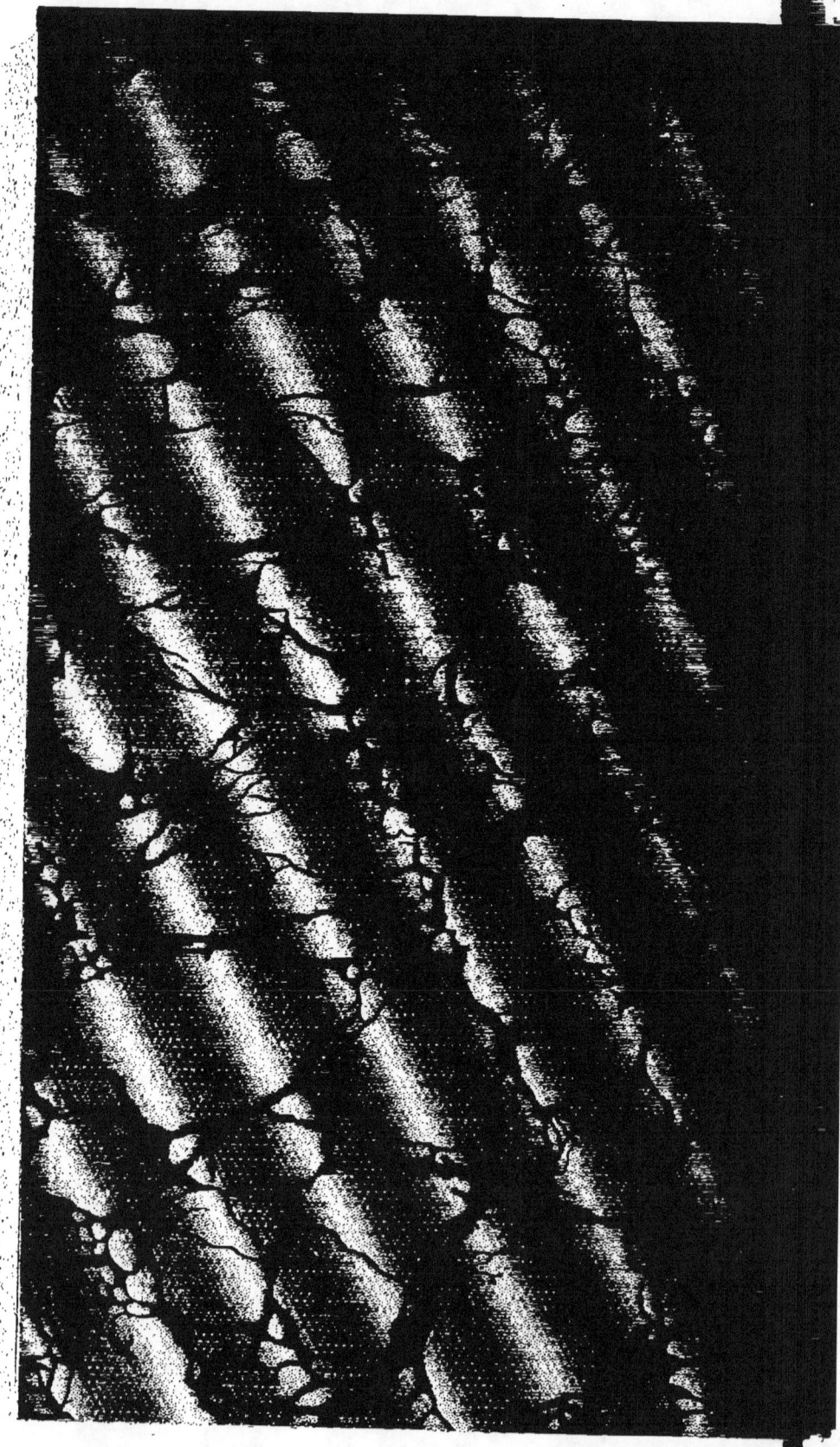

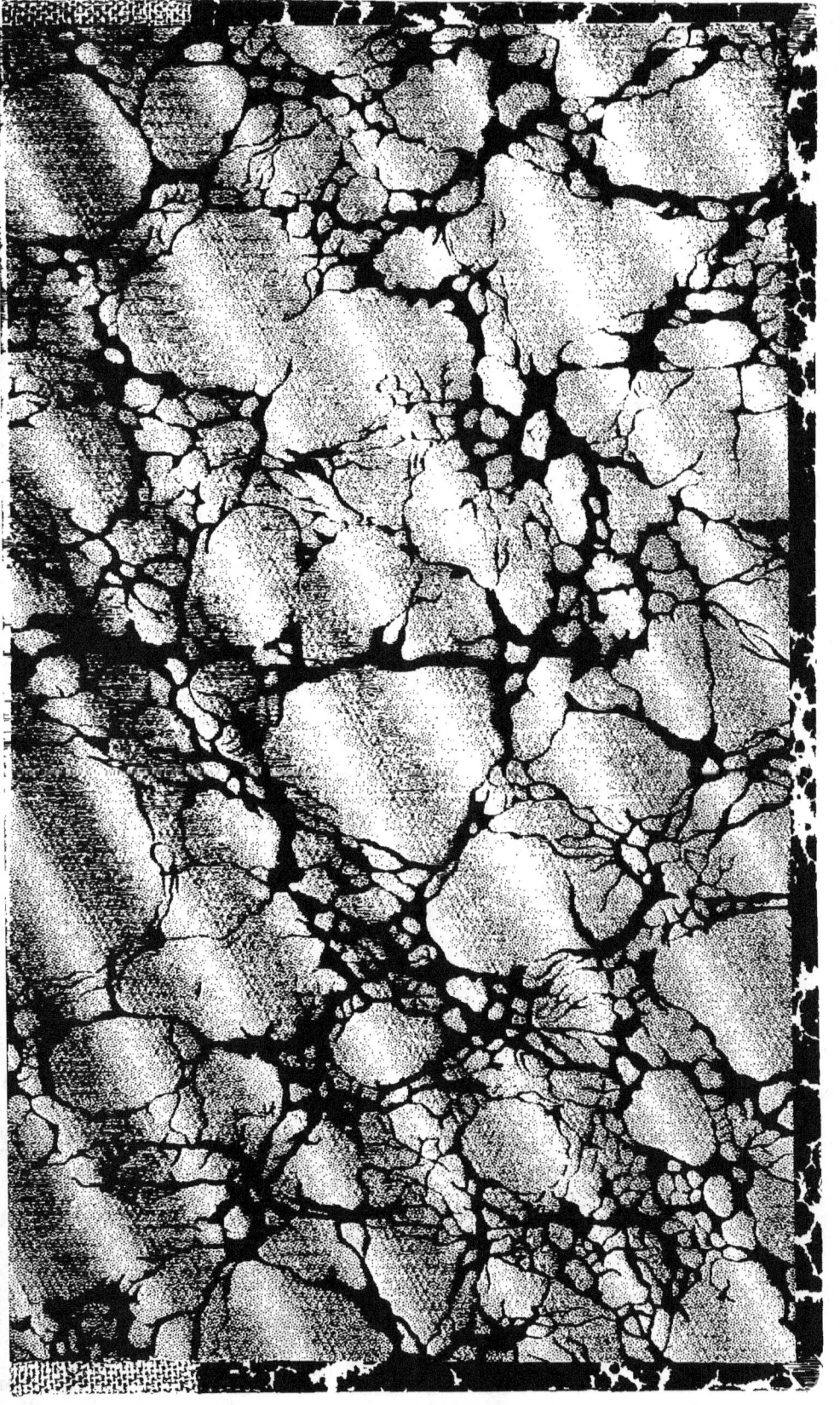

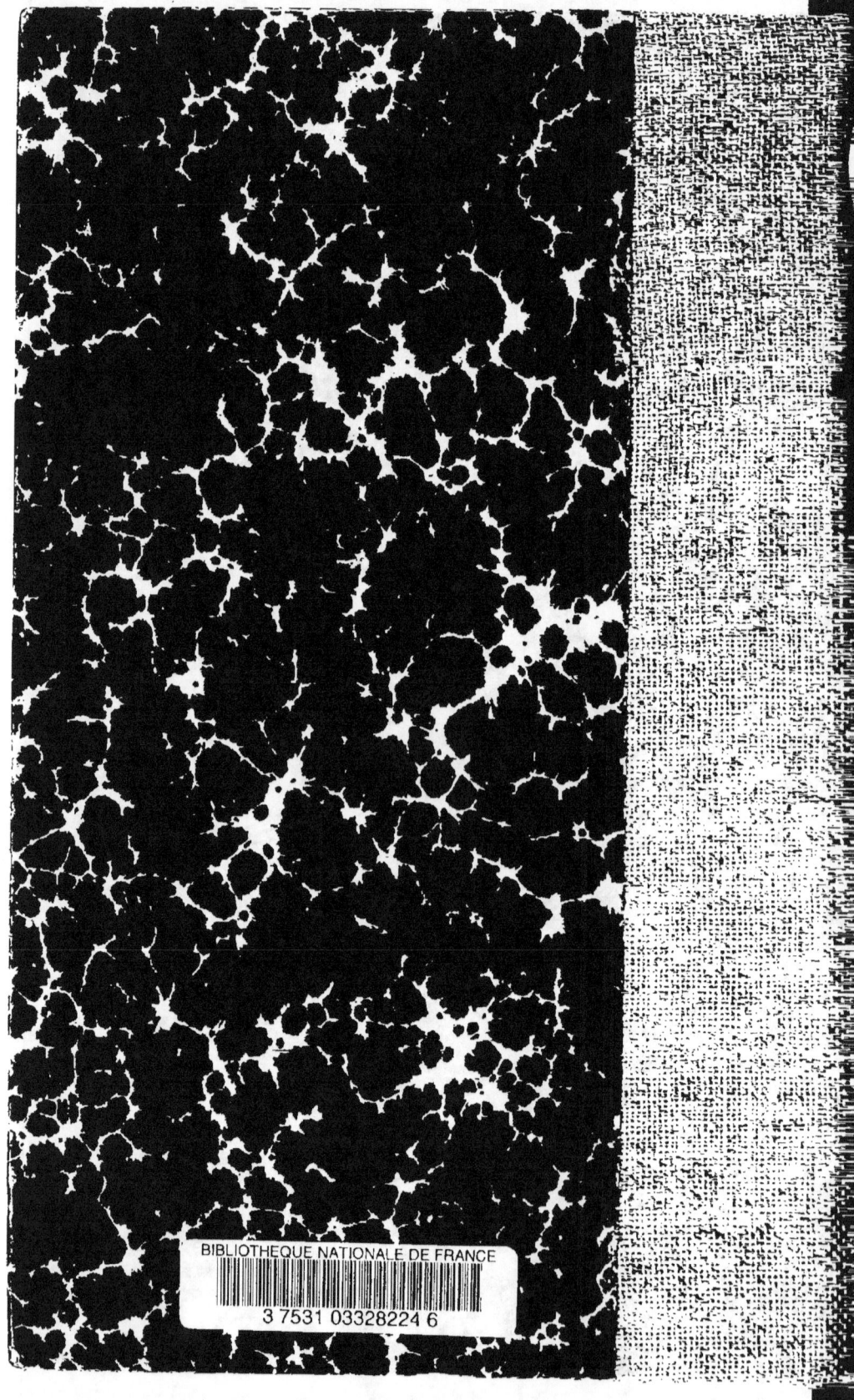